영도에서 제다까지

영도에서
제다까지

이 상 윤 지음

石永

뜨거운 사막의 땅에서 젊음을 불살랐던

이 나라 200만 산업전사와

그들의 뒤에서 묵묵히 삶을 버텨낸 가족들에게

이 소설을 바칩니다.

기억

"상윤 학생, 전화 받아 봐."

음력 2월 1일.

양력이 익숙한 그에게 그날은 아직도 음력으로만 기억에 남아있다.

가끔씩 역사소설 속에 나오는 날짜를 더듬으며 이게 양력인지 음력인지 헷갈린다고 짜증을 낼 정도로 모든 날짜를 양력으로 써야 한다고 목소리를 높이는 그였다.

귀가 시리게 추운 겨울에 입춘이 있고 아직 긴팔 옷이 옷장 속에 고스란히 처박혀 있는 여름에 입추가 있는 게 늘 못마땅한 그였다.

농사가 천하의 가장 큰 근본이었을 시절에나 통했던 음력을 왜 아직 사용하고 있는지 이해할 수 없는 그는 음력이나 십이간지를 양력만큼이나 자세히 표기한 달력조차 정신사납다고 느껴왔다.

심지어 해가 바뀌면 온갖 방송에서 출연자가 한복을 차려 입고 나와 새해가 밝았다고 떠들어대면서 한 달여가 지나 음력 설을 다시 쇠는 게 '이중과세'로 불합리하다며 툴툴거리는 그였다.

그런 그가 그날만큼은 양력으로 날짜를 전혀 기억하지 못한다.

기억은 아침에 머리를 감다 따뜻한 물이 나오지 않았던 데서부터 시작한다.

2층 가정집을 개조해 대학생들을 들인 하숙집은 늘 과부하상태였다.

2층 거실 여기저기에 판자를 덧대 방을 3개나 더 만든 하숙집의 '지혜'는 하숙생들에겐 강요된 '수용'이었다.

이 수용시설에서는 물도, 음식도, 심지어 옷가지까지 누군가 이익을 보면 누군가 손해를 감수해야 했다.

부지런한 하숙생 1~2명이 아침 일찍 따뜻한 물을 사용하고 나면 보일러의 용량은 늘 한계에 부닥쳤다.

기름을 아끼기 위해 아침 일찍부터 보일러를 꺼버렸을지도 모를 일이었다.

드물게 하숙집 아주머니가 솜씨를 부려 만든 음식도 부지런한 이들의 몫. 차례가 늦으면 매일 접하는 밑반찬으로만 끼니를 때워야 하는 일이 허다했다.

양말이나 속옷까지 하숙생들의 빨래를 한꺼번에 빨아 널어놓는 통에 하숙생들은 눈에 띄는 대로 아무 거나 먼저 챙겨 입고 나가기 일쑤여서 양말이나 속옷을 제대로 못 챙겨 입는 날도 많았다.

양말과 속옷을 지키기 위해 빨간색이나 노란색 같이 남

들이 잘 입지 않는 원색 양말과 속옷을 사는 고육책을 쓰는 하숙생도 있었다.

그날도 돌이켜 보면 찬물에 머리를 감아도 될 듯한 계절이었건만 그는 수돗물에서 나오는 찬물이 머리 속 핏줄을 옥죄자 따뜻한 물을 먼저 써버린 부지런한 누군가를 탓하고 있었다.

차가운 물 때문에 비누 거품까지 제대로 나지 않자 그는 부지런한 누군가인지, 물인지, 비누인지 풀어놓을 대상도 모를 분노의 욕지기를 늘어놓고 있다가 전화를 받으라는 소리를 들었다.

1층으로 전화가 오면 2층에 있는 하숙생을 호출하곤 하던 하숙집 아주머니의 목소리가 그날따라 무척 크게 들렸다.

애써 풀어낸 거품이 아까워 수건으로 대충 물이 떨어지지 않도록만 머리를 감싸고 그는 판자로 덧대 만든 방 옆 복도를 지나 벽 구석에 있는 수신전용 전화기를 들었다.

수화기 너머로 들리는 당황한 목소리. 평소 건조하고 딱딱한 목소리를 기억하는 그로서는 믿기지 않았지만 목소리의 주인공은 아버지였다.

"윤아, 큰일났다. 아... 너희 어머니가, 너희 어머니가 쓰러졌다."

"예? 뭐라구요? 넘어지신 겁니까?"

"아니, 아니, 아... 뇌출혈, 뇌출혈인 모양인데... 지금 부산대병원에 있다. 아무튼 빨리, 빨리 내려 오거라."

"예?"

허둥대는 아버지의 목소리에 말문이 막힌 그의 시야가 흐려진 것은 아마도 아버지의 첫 말을 들었을 때부터였는지 모른다.

어쩌면 이런 일이 일어날지도 모른다는 불안감을 늘 간직했던 사람처럼 그는 아버지의 당황한 목소리를 듣자마자 눈물부터 차올랐다.

불안하고 위태롭기까지 한 아버지의 목소리를 접하자 뭐라도 말을 꺼내 안심시켜 드려야 한다는 생각이 들면서도 입술이 떨어지질 않았다.

수건이 벗겨진 것도, 애써 풀어낸 거품이 뚝뚝 떨어지는 것도 잊은 채 이미 끊어진 수화기를 들고 서 있는 그에게 판자로 벽을 댄 옆방의 정우가 다가왔다.

같은 대학 4학년이지만 아직 군대를 가지 않은 정우는 대학원 진학으로 입대를 유예하며 군대 경력을 갈음할 대기업 연구소 자리를 노리는 공대생이었다.

"형, 뭔 일 있는 모양이죠?"

"어. 응."

평소 같으면 건넸을 농담 한마디 없이 눈시울이 벌겋게 물들어 있는 그를 보고 정우는 고개를 갸웃거리며 할 말을 잊고 문지방을 밟고 서 있었다.

판자로 덧대 만든 벽 사이로 뚫어진 네모난 공간에 겨우 붙어있는 문은 그 위태롭고 불안한 모습과는 달리 역으로 그와 정우 사이의 격의 없음을 고스란히 보여주는 존재였다.

얇은 판자에 엉성하게 붙어있는 문 너머로 고요한 한밤중엔 몸 뒤척이는 소리까지 닿을 듯 들려오는 하숙집의 특이한 구조가 만들어 준 인연.

둘은 곧잘 판자 벽 문을 열고 문지방에 걸터앉아 온갖 얘길 나누곤 했다.

졸업이 다가오며 미래에 대한 불안이 그간 꿔왔던 꿈을 질식시키는 일이 잦아질수록 둘은 더 자주 얘기에 집중했다.

그 즈음 나이 또래들이 흔히 빠지는 온갖 시덥잖은 상상을 갖고도 몇 시간씩 얘기를 나눌 정도로 흉허물 없는 사이.

그런 정우에게도 쉽게 말이 떨어지질 않는 그였다.

그 말을 입에 담는 순간 전화로 접한 믿지 못할 일이 기정사실이 돼 더 나쁜 방향으로 흘러가 버릴 것 같은 두려움이 밀려들었기 때문이다.

"집에, 집에…. 후…. 집에 가봐야 할 거 같아. 방 좀 잘 부탁해…."

어리는 눈물 사이로 뿌옇게 흐려진 모습 속에서 정우의 얼굴을 발견하고 어렵사리 그 말을 한 뒤 동생에게 전화를 걸 때까지 그에겐 아무런 기억이 남지 않았다.

인간의 행동은 뇌의 작용에 의해 이뤄진다고 하지만 가끔씩 어떤 행동들은 뇌에 이렇다 할 흔적도 남기지 않은 채 이뤄지기도 한다.

무릎 특정 부위를 고무망치로 치면 저절로 발을 찬다거나 뜨거우면 나도 모르게 손을 움츠리는 것 따위의 무의식적인 반사작용이 그런 부류에 속한다.

하지만 분명히 뇌가 개입한 행동임에도 뇌에 아무런 흔적을 남기지 않는 행동도 있다.

평생 해오던 버릇이나 운동 선수의 루틴 같은 행동들이다.

뇌가 한 번 개입해 신경에 길이 난 뒤 똑같은 길로 똑같은 정보가 수없이 흐를 때 뇌는 분명히 작용을 하고도 작용한 흔적을 남기지 않는다.

기억을 못 한다는 건 대개 그런 의미다.

그가 정우에게 뒤를 부탁하는 말을 남기고 하숙집을 나서 대로 변 공중전화로 동생에게 전화를 걸 때까지는 무수한 행동들이 있었을 것이다.

감다 만 머리를 어떻게든 처리했을 것이고 옷도 갈아입었을 것이며 나가다 마주친 하숙집 아주머니에게 무슨 말이라도 남겼을 터이다.

미로와 같은 골목길을 빠져 나와 급한 내리막 경사길에서 오가는 자전거나 트럭을 피하며 큰 도로까지 가는 그 복잡한 일련의 행동들.

시신경과 청신경, 운동신경 등 고도의 신경을 써야 하는 복합적인 뇌의 활동들은 그러나 그의 뇌에서 그 어떤 흔적조차 남기지 않았다.

그의 뇌에 너무 크게 자리잡은 불안과 두려움이 다른 행동들을 반사작용, 혹은 버릇이나 루틴의 영역으로 밀어내 버린 것이다.

대로 변 공중전화 부스 안에 선 그는 수화기를 들고 이제 서울에 온 지 두 달밖에 안 돼 옥탑방에 겨우 자리잡은 동생의 집전화 번호를 어렵게 떠올리고 버튼을 눌렀다.

"연주야, 놀라지 마라."

"오빠야, 갑자기 왜?"

"어머니가, 어머니가…."

목젖이 울컥하고 말이 잘 나오지 않는다는 느낌을 받는 순간 코끝이 시큰거리며 갑자기 눈물이 와락 쏟아졌다.

아버지의 당황한 목소리를 듣고 받았던 충격을 동생에 겐 전달하지 않으려 그렇게 기를 썼건만 '어머니'라는 단어를 입에 올리는 순간 그의 가슴은 무장해제되고 말았다.

"왜? 뭔 일인데?"

그래도 오빠니까 더 이상 울고만 있으면 안 된다.

마음을 다잡으면서도 그의 목소리는 연신 울음을 참으려 앙다무는 입 사이로 이어질 듯 끊어질 듯 겨우 새어 나왔다.

"아침에… 아버지… 전화 오셨더라… 쓰러지셨다는데… 아직… 아무 것도 모른다… 부산대병원에 계신다는데….

"상태가 어떠신데? 응?"

벌써 젖어버린 동생의 목소리에 그는 말을 더욱 잇기 어려워졌다.

"가봐야 안다…. 괜찮을 거다…. 빨리… 내려가 보자."

"…."

"일단…. 내려가 보자…. 비행기…어떻게…안 되겠나?"

동생 연주는 이제 막 항공사에 입사한 승무원이었다.

아들은 자동차 태워 주고 딸은 비행기 태워 준다며, 나중에 네 동생이 비행기 태워 줄 거라고 말씀하셨던 어머니….

그래, 항공사 직원에겐 가족 할인 탑승 제도라는 게 있었지.

연주는 서울에 온 뒤 조만간 부모님을 비행기 태워 멀리 보내 드릴 거라고 입버릇처럼 말하곤 했다.

그보다 두 살 아래인 연주는 소위 집안의 희망 운운하는 시선을 받으며 서울 유학으로 빠듯한 살림살이에 고된 무게를 더하는 그와는 달리 일찌감치 부산지역 대학을 선택했다.

대학을 다니면서도 온갖 아르바이트 자리를 전전하며 직접 학비를 버는 것을 넘어 그가 집안에 더한 무게를 조금이라도 덜어주려 애쓰는 똑순이였다.

그런 연주가 졸업도 하기 전에 항공사에 취직해 서울에 온 뒤 오빠 용돈이라며 첫 월급을 쪼개 마련한 돈봉투를 내밀었을 때 그는 그동안 자신이 집안에 더해 왔으면서도 애써 외면했던 고된 삶의 무게와 마주하는 느낌을 받았다.

졸업을 앞두고도 아직 진로에 대해 아무런 결정을 하지 못하고 있는 자신의 모습이 그 봉투 안에 구겨져 들어있는 것 같아 그는 한동안 봉투에 손을 대지 못했다.

연주가 부모님을 위해 쓰겠다는 가족 할인 탑승 제도 얘기를 하곤 할 때도 그는 아직도 1년이나 더 가계에 고된 무게를 더해야 하는 자신의 현실을 돌아보며 나중에 자동차 태워드릴 수 있는 아들이나 될 수 있을지를 걱정했다.

그랬던 그가 연주와 부산에 가장 빨리 갈 수 있는 방법으로 비행기를 떠올리고 항공사 직원인 연주에게 비행기를 잡아 달라고 한 것이다.

연주는 그 가족 할인 탑승 제도를 그와 함께 부산에 가는 데 썼다.

군대를 다녀오는 바람에 졸업이 2년 늦어졌지만 복학하던 해에 졸업을 앞둔 친구들과 단체로 졸업여행을 빙자해 제주도 여행을 간 경험 외에는 비행기 탑승 경험이 없었던 그였다.

연주가 탑승 수속을 밟는 동안 아무 것도 하지 않고 있다 비행기에 몸만 실은 그는 딸이 비행기를 태워 줄 거라던 어머니의 말씀이 마치 예언이었던 것처럼 느껴졌다.

그는 승무원 가족이 승무원과 함께 비행기에 타면 동료들이 특별히 신경 써 준다는 사실도 그날 처음 알았다.

아마도 연주는 부모님을 모시고 동료들로부터 그런 대우를 받고 싶었으리라.

"언제 그러셨다던데?"

심상찮은 분위기를 느끼고 동료 승무원이 음료수 대신 건네 준 휴지로 눈물을 닦으며 연주는 비행기 창 밖에 시선을 고정한 채로 물었다.

"아마도 어젯밤 같은데 나도 정확히는 몰라."

창가에 앉은 연주의 실루엣 너머로 멀리 지나가는 구름이 너무 느리게 보여 답답하다고 생각하던 그는 문득 연주의 물음에 답하는 자신이 더 답답한 것 같아 고개를 떨궜다.

누군가에겐 짧았을 1시간이 조금 못 되는 시간 동안 "괜찮으실 거야"와 눈물을 주고 받으며 초조해 하던 남매가 공항을 황망히 빠져 나와 병원에 도착한 것은 해가 정오를 넘어 저녁을 향해 기울기 시작할 무렵이었다.

부산을 대표하는 의료시설인 부산대병원은 그 역사만큼 낡은 겉모양새로 남매를 맞았다.

예나 지금이나 병원에 가면 넘치는 인파에 놀라 '이렇게 아픈 사람이 많았던가'라고 속으로 되뇌기 일쑤이지만 1994년의 부산대병원은 이미 노후화 기미를 보이는 시설이 환자를 감당하기 힘들어 보일 정도로 병원 입구부터 붐비고 있었다.

"이화자 씨는 신경외과 중환자실에 있네요."

1층 안내데스크에 앉은 병원 직원의 너무나 심드렁한 목소리에 그는 화를 낼 자리가 아닌 줄 알면서도 속에서 일어나는 분노에 눈꼬리를 치켜 올렸다.

연주가 그런 그의 손을 붙잡고 신경외과를 찾아 뛰지 않았다면 그날 아침 머리를 감을 때부터 대상을 찾지 못하고 욕지기를 쏟아내던 그의 분노가 엉뚱한 병원 직원을 향했을지도 모를 일이었다.

공포와 슬픔으로 인해 잠시 잊었던 분노를 끄집어 낸 것은 병원 직원만이 아니었다.

숱한 발걸음과 이동식 병원 침대의 마찰로 반질반질하게 닳아빠진 바닥과 낡은 학교의 그것과 닮은 창문의 녹슨 고색창연함, 어둠침침한 복도의 조명, 페인트를 몇 번이나 덧칠한 흔적이 역력한 대기석의 나무의자 따위는 생명을 다루는 첨단 의학과는 너무 거리가 멀게 느껴져 불안과 함께 분노가 치밀었다.

병원시설이 낡았다고 해서 의료 수준까지 낮은 것이 아니라는 사실을 이성적으로는 잘 알면서도 왠지 모를 모난 감정이 고슴도치가 가시를 뻗듯 분노를 온갖 방향으로 뿌리고 있었다.

이런 곳에 어머니가 계시다니….

치료는 잘 받으실 수 있을까….

물어 물어 도착한 중환자실 앞에는 낯익은 얼굴들이 눈에 띄었다.

어머니 손아래 두호 이모와 막내 경호 외삼촌이었다.

어머니와 꼭 닮은 이모가 눈에 들어오는 순간 눈 밑이 다시 붉어진 그는 애써 시선 둘 곳을 찾아 눈길을 돌려야 했다.

연주는 이모의 손을 붙잡고 참았던 눈물을 쏟고 있었다.

"상윤아, 연주야, 이제 왔나? 응? 이게 무슨 일이고?"

"어머니는 어디 계세요? 저 안에 계시는 겁니까?"

역시나 낡아 검은색 굵은 고무줄로 자동으로 문이 닫히도록 묶어 놓은 중환자실 문을 밀고 들어가면서도 그는 눈물이 흐르지 않도록 턱을 치켜들었다.

드라마에서 자주 보이던 병원의 모습과는 달리 중환자

실은 문 좌우에 각각 하나씩 놓인 침대와 맞은편에 놓인 3개의 침대로 인해 일반 다인병실과 다를 바가 없었다.

중환자실이라는 이름이 주는 중압감 때문에 엄청난 의료기기들이 줄지어 있을 것이란 예상은 빗나가고 말았다.

의식이 없는 환자들이 링거를 주렁주렁 매달고 누워 있는 옆에 간혹 보호자로 보이는 걱정스런 얼굴의 사람들이 앉아 있는 모습이 눈에 띌 뿐이었다.

환자와 보호자의 잡담으로 시끌벅적한 분위기를 자아내는 일반 다인병실과는 달리 조용해도 너무 조용하다는 점만이 이곳이 신경외과 중환자실이라는 점을 일깨우고 있었다.

입구 맞은편 가장 왼쪽 끝 침대에 붙은 이름표에서 어머니 이름을 발견한 그는 아래 속눈썹의 얕은 표면장력으로는 더 이상 넘치는 눈물을 가둘 수 없음을 깨달았다.

머리에 붕대를 감고 누워있는 어머니는 기억 속에 간직해 왔던 모습과 달리 얼굴이 많이 부어 있었다.

평소와 너무 다른 모습에 여기 누워 있는 분이 정말 내 어머니가 맞는지 의심스러워질 무렵 중환자실 보호자들의 시선을 다 모을 정도로 상기된 이모의 목소리가 들려왔다.

"어젯밤에 쓰러졌다는데…. 밤새 수술 마치고 이제 막

기억

이리로 왔다. 상태가 어떤지는 아직 몰라."

설명을 들으면서도 어머니의 부은 얼굴에 눈을 고정하던 그는 이불 속으로 손을 넣어 어머니 손을 붙잡았다.

어머니의 모습을 보고도 현실감이 느껴지지 않았던 그는 아들을 반기는 것처럼 손끝으로 전해져 오는 따뜻한 온기에 비로소 어머니가 정말로 병원에 누워있다는 사실을 실감했다.

문득 병실에 아버지가 보이지 않는다는 사실을 알게 된 그는 이모에게 아버지의 행방을 물었다.

"아버지는요?"

"지금 수술을 맡았던 의사 선생님이 옆방에서 상태를 설명하려고 하는 모양이다. 아마 옆방에 미리 가 있는 거 같은데…."

옆방은 아마도 중환자실 옆에 마련된 진료실을 뜻하는 듯했다.

아버지를 찾아 진료실로 자리를 옮기려는 순간 이모 옆에서 줄곧 연주의 어깨를 두드리며 위로를 하고 있던 외삼촌이 뜻밖의 말을 했다.

"늬 아버지 지금 정신이 없어서…. 늬 엄마 쓰러지고 119에 전화해 놓고는 집 주소를 묻는데 주소가 생각이 안

나서 한참을 말도 못 했던 갑더라."

아, 설마, 아버지가?

늘 모든 일에 있어 너무나 현실적이어서 남다른 평정을 유지한다고 생각했던 아버지였다.

아버지 손길을 가장 많이 탔을 법한 코흘리개 시절 그의 곁에 없었던 아버지에 대한 결핍이 만든 편견은 아닐까 반성하면서도, 현실적이어서 놀라울 정도로 냉정한 결론을 자주 도출하는 아버지의 모습에서 언뜻 언뜻 서먹함을 느끼게 되는 그였다.

그런 아버지가 집 주소를 기억하지 못할 정도로 평정을 잃고 당황했다는 사실이 도무지 믿기질 않았다.

아버지는 중환자실 옆 진료실의 의자가 커보일 정도로 왜소한 모습으로 덩그러니 앉아 있었다.

오똑한 콧날로 인해 서양인들처럼 움푹 들어간 눈과 광대뼈의 돌출이 만들어낸 뺨의 굴곡이 어느 때보다 더욱 짙은 그늘을 드리운 아버지의 얼굴을 접하자 방금 외삼촌이 한 말이 다시 떠올랐다.

평소 부리부리한 안광으로 좌중을 압도하던 아버지의 눈은 초점을 잃고 시선 둘 곳을 찾지 못해 불안하게 흔들리다 그와 연주가 진료실로 들어서고서야 문쪽을 향했다.

"상윤이 연주 왔나?"

아들과 딸의 이름을 부르는 목소리도 오전에 전화를 했을 때보다 더욱 쉬어 있었다.

"엄마는 봤나?"

"예. 아버지."

자주 못 보는 사이가 된 가족이 한데 모이는 장면에서 나온 말이었다면 더없이 행복했을 이 말이 병원에선 너무나 슬프게만 들렸다.

부모 무릎 아래에서 키운다는 자식은 커가면서 하나 둘 부모의 무릎을 떠나 자기의 길을 가지만 반드시 떠났던 무릎 아래 공간을 찾아 돌아오게 돼 있다.

처음으로 세상의 거친 풍파를 겪으며 생각과 달리 이리저리 온갖 주름이 잡히고 구겨진 자신을 고이 다시 펴 주는 공간이 그곳뿐임을 절로 깨닫게 되기 때문이다.

어떤 모습으로 되돌아갈지라도 그렇게 자신을 살갑게 반겨주는 공간이 그곳뿐임을 깨닫게 된 이후에라야 자식들은 진정한 어른으로 커 가는 것인지도 모른다.

부모가 돌아온 자식들의 이름을 부르며 반기는 이 의식은 어느 가정에서든 이뤄지는 것이어서 누구도 특별한 관심을 갖지 않는 것이지만 진정한 어른을 키워내는 의식으로서 무엇보다 소중한 의식이라 해도 손색이 없을 것이다.

그날 아버지가 그와 동생 이름을 부르며 맞이한 의식은 연주까지 서울로 가고난 뒤 떨어져 살게 된 그의 가족이 함께 모인 첫날 이뤄진 것이었다.

그렇기에 그 의식은 더없이 소중한 것이었으나 어머니의 호명이 없는 의식이어서 더없이 슬픈 의식이 되고 말았다.

힘없이 남매를 쳐다보는 아버지 뒤로는 형광등이 켜진 아크릴 판 위로 엑스레이 사진 필름 몇 장이 꽂혀 있었다.

의학적 지식이 없는 그가 보기에도 뭔가 심각해 보이는 모양의 핏줄이 곡선을 이루며 선명하게 굴곡진 필름을 자세히 들여다보려 할 때 소매가 닳아빠진 흰색 가운을 걸친 의사가 진료실로 들어왔다.

40대로 보이는 의사는 떡지고 헝클어진 머리만으로도 힘든 수술이었음을 보여주는 듯한 인상을 풍기며 입을 뗐다.

"가족분들 다 오셨습니까. 환자분 상태를 설명해야 하니까 가까이 모이세요."

"수술은 잘 됐습니까."

"지금 상태는 어떻습니까."

쏟아지는 가족들의 질문에 잠시 입맛을 다시듯 입술을 실룩이던 의사는 "잘 들으셔야 합니다"는 말을 시작으로 엄지와 집게손가락을 5cm 가량 벌리고 원을 만들면서 설명을 시작했다.

"환자 두개골을 이만큼 절제해서 피를 제거하는 수술을 했습니다. 머리 속 핏줄에 동맥류라고, 꽈리가 생겨 있다가 계속 피가 꽈리 벽을 치니까 핏줄이 터진 겁니다. 여기 엑스레이에 핏줄 갈라지는 데가 보이죠? 여기가 터진 지점인데 일단은 구리선으로 출혈을 막아놓았습니다. 경과는 지켜봐야 하는데요…. 아마 깨어나시면 머리에 물이 차는 수두증이 생길 수도 있습니다. 거동이 불편하실 수도 있는데…."

"깨어나실 수 있다는 거네요?"

엑스레이 사진 필름을 짚어가며 이어가던 의사의 설명이 끝나기도 전에 연주가 말을 끊었다.

의사는 연주를 쳐다보며 입술로 딱 소리를 내고는 한숨처럼 깊은 소리를 냈다.

"현재로선 경과를 기다려봐야 합니다."

"그렇게라도 깨어나시기만 하면 돼요. 그렇게만 되면…."

이미 연주는 의사의 말을 깨어날 수 있다는 확신으로 받아들이고 있었다.

의자에 앉아 연주와 의사의 말을 듣던 아버지는 넋두리처럼 중얼거리며 연주의 확신에 희망을 보탰다.

"내가 돌보면 된다. 내가 늬 엄마 손발이 되면 된다. 내가 돌보면 된다. 내가 돌보면…."

연주와 아버지가 의사의 말에서 희망을 건져낸 것과는 달리 그는 건조한 의사의 설명을 듣는 동안 철저한 무기력감에 휩싸였다.

어머니가 저렇게 되도록 아무 것도 몰랐다는 사실과 이렇게 되고 나서도 아무 것도 할 수 있는 게 없다는 사실 앞에 그는 절망했다.

소중한 어머니의 두개골을 의사들이 절제하도록 내맡기고 수시간 동안 당신의 소중한 머리 속에 온갖 조치를 하는 동안에도 아무 것도 할 수 없이 손 놓고 있어야만 했던 자신이 원망스러웠다.

당장 어머니의 생사여탈권을 쥐고 있는 것 같은 의사의 발 아래 머리를 조아려야만 할 것 같은 생각이 들다가 후유증을 설명하는 대목에선 무슨 소리를 하느냐고 멱살을 쥐고 고함을 지르고 싶은 충동도 들었다.

자신의 무력감이 가족들에게 들킬까 싶어 고개를 숙이고 있던 그에게 곧이어 간호사가 다가왔다.

"환자분은 누가 돌보시는 건가요? 아드님이세요?"

연주와 함께 그가 간호사 쪽으로 몸을 돌리자 간호사는 너무나 익숙한 일인 듯 속사포처럼 환자를 돌보기 위해 유의해야 할 점을 설명하기 시작했다.

바이탈 체크가 중요하니 낮에는 1시간, 밤에는 2시간마다 소변량과 체온을 측정해야 한다는 내용으로 시작한 설명은 소변주머니 교체, 습도 조절, 자세 조정, 안마, 유동식식사 제공방법, 간호를 위해 별도로 구매해야 할 비품 등 한 번에 다 기억하기 힘들 정도로 줄줄 이어졌다.

병원 밖에서는 대학을 다니며 과외를 할 정도로 남에게 크게 뒤처지지 않는 지력을 지녔다고 생각했던 그였지만 병원 안에선 전문 의료용어를 구사하는 것도 아닌 간호사의 설명조차 따라가기에 버거워했다.

급히 진료실 책상 위에 놓인 종이에 허겁지겁 간호사가 직업적 노련함으로 재빨리 풀어내는 내용을 겨우겨우 받아 적으면서 그는 다시금 어머니가 신경외과 중환자실에 누워 있다는 사실을 절실히 깨닫게 됐다.

병원에서의 시간은 바깥세상과는 달리 무척 더디게 흘

렀다.

'주인'이라고는 할 수 없어도 늘상 병원에서 근무하는 의사나 간호사 같은 직업인과 달리 '손님'으로 와 있는 환자와 가족들에게 병원에서의 시간은 특히나 더디게 느껴졌다.

그것은 좋은 사람과 있을 때 시간이 꿈결같이 빨리 흐르고 싫은 사람과 있을 때 일 분 일 초가 몇 시간처럼 늦게 흐르는 시간의 상대성과는 차원이 다른 느낌이었다.

도구를 활용한 외과적 치료 위주로 발달한 현대의학은 부러진 곳을 잇고 찢어진 곳을 깁고 곪은 곳을 도려내는 식으로 발달해 왔다.

증상에 정확히 일대일로 대응하는 그 치료는 즉각적으로 통증을 완화하고 근본적인 병의 뿌리를 제거하는 데에는 효과적일지라도 치료 이후 완전한 치유에 이르기까지는 반드시 인간의 자연치유력에 뒷일을 맡겨야 한다.

인간의 자연치유력은 놀라운 능력을 지녔으나 길을 가다 발을 헛디뎌 무릎만 깨져도 자연치유력에 의해 완전히 낫기까지는 적지 않은 시간이 필요하다.

하물며 몸에 도구를 들이미는 외과적 치료가 완전한 치유에 이르기까지에 시간이 갖는 지분은 얼마나 클 것인가.

그렇기에 시간은 병원에서 '손님'들에게 한없이 늦게 흘러감으로써 현대의학이 아무리 발달한다고 해도 치유는 결국 자신의 몫이라는 것을 새삼 각인시켜 주며 존재감을 드러내는 것 같았다.

외과적 수술을 마친 뒤 치유의 단계로 막 들어간 어머니를 돌보는 시간은 이제 겨우 시작됐을 뿐이었다.

병원 안에서 더디게만 가는 시간이 얼마나 만만치 않은 존재감을 과시하는지 그는 미처 알지 못하고 그날 저녁부터 연주와 둘이서 병상을 지킬 테니 다른 가족들은 일단 돌아가시도록 했다.

낮부터 머리가 깨질 듯 아프다던 어머니가 갑자기 화장실로 뛰어가 구토를 하는 장면을 시작으로 의식을 잃고 병원에 올 때까지의 일을 끊임없이 되뇌고 있는 아버지도 더 이상 그 기억을 떠올리는 고역을 멈추고 집에 가서 눈이라도 좀 붙이시도록 했다.

가지 않으려는 아버지의 등을 떠밀면서 그는 수술을 하는 동안 고스란히 다른 사람의 손에 맡겨야 했던 어머니를 이렇게라도 고스란히 내 손으로 맡고 싶다는 마음을 전했다.

그렇게 가족들을 보내고 다시는 병상을 떠나지 않을 듯

앉아 있는 남매의 모습을 지켜보던 옆 병상의 30대 여자 보호자가 병상 아래에 놓인 보호자용 간이침대에 누워 있다 몸을 일으키며 관심을 나타냈다.

아마도 가족이나 친지가 중환자실에 입원해 있다는 동질감도 있었을 터이다.

"어머니이신갑네…. 수술은 잘 끝났다던가요? 둘이서 계속 간호하려고? 힘들 텐데 한사람씩 돌아가며 있지 그래요."

멋쩍은 웃음으로 대답을 대신하며 그는 무슨 일이 있어도 그 자리를 떠나지 않겠다는 듯이 병상 쪽으로 몸을 더 가까이 붙였다.

어머니를 병상에 두고 간이침대에 눕는 일은 자신에겐 없을 거라는 다짐이라도 하듯이.

연주도 간호사가 일러준대로 어머니 다리를 주무르며 혹여 어머니가 불편해하진 않을까 연신 이런 저런 방향으로 다리를 병상에 맞추고 있었다.

연주는 연주대로 각오를 다지는 듯 간이침대에 앉은 자세를 곧추세우는 듯했다.

대단한 각오라고까지 할 것은 아니었지만 그런 각오를 하고도 시간과 어떻게든 현실적으로 맞부딪친다는 것은 당장 소변량과 체온을 1~2시간마다 측정하는 일부터 만만 찮은 부담으로 다가왔다.

저녁 시간대까지는 그럭저럭 시간에 맞춰 측정결과를 침상 옆에 매달린 기록지에 옮겨 적을 수 있었지만 밤이 깊 어질수록 제때 기록하기는 쉽지가 않았다.

첫날이라 밤을 새워도 아무렇지도 않을 것 같던 남매는 새벽이 가까워오자 자신도 모르게 조는 시간이 늘어났다.

남매는 육체노동뿐만이 아니라 정신적인 충격도 사람 을 고되게 할 수 있다는 사실을 밤이 깊어질수록 온 몸으로 체감해야 했다.

어머니 손을 잡고 이런 저런 얘기를 나누기도 했지만 얘 기는 곧잘 끊어져 각자의 상념에 침잠하는 경우가 잦았다.

깊은 밤 옆자리 환자와 보호자들에게 눈치가 보여 얘기 마저도 아예 끊어지면서 남매는 아예 침상에 엎드려 졸기 시작했다.

가끔씩 현실에 놀라 화들짝 깨면서 시계를 보곤 했지만 아침녘에는 그마저도 뜸해졌다.

그럼에도 시간은 무심한 듯 꼬박꼬박 다가와 지친 남매 가 놓칠 법한 순간들을 자꾸 만들어냈다.

새벽녘엔 몽롱한 상태로 눈을 떠 소변주머니가 꽉 차 있는 것을 발견하고는 허겁지겁 새 주머니를 갈아끼우느라 부산을 떨기도 했다.

밤새 집에서 잠을 이루지 못하고 새벽에 일어난 듯 아버지는 오전 6시경부터 중환자실에 모습을 나타냈다.

엎드려 있는 남매를 발견한 아버지는 한동안 물끄러미 남매의 모습과 아내의 모습을 번갈아 보다가 말없이 병실을 되돌아 나갔다.

10여 분이 지났을까.

아버지의 손엔 병원 바로 옆에 위치한 편의점 마크가 선명한 비닐봉투가 안에 자리잡은 삼각김밥과 우유의 무게로 세로주름이 깊이 잡힌 채 들려 있었다.

"윤아, 연주야, 일어나라. 이거라도 좀 먹어라."

"어, 아버지. 언제 오셨습니까."

눈을 비비며 놀라 일어나는 남매에게 아버지는 단호하게 말했다.

"이래 가지곤 안 된다. 늬들 계속 이렇게 병원에 있을 수는 없다. 순서를 정하든지 해가면서 돌봐야지. 모두가 다 지쳐버리면 누가 늬 엄마 돌보겠노."

"괜찮습니다, 아버지. 우리가 계속 돌볼게요."

"입원 환자 돌보는 게 쉬운 일인 줄 아나. 쉽게 생각하지

마라. 난 병원이라면 아주 끔찍한 사람이다. 병원이라면 정
말….”

　남매와 눈을 마주치지 않으려는 듯 간호사가 일러준 소
변주머니 상태를 살펴보던 아버지는 입술을 깨물며 눈시
울을 누르고 있었다.

　꼭꼭 눌러놓은 그 무엇인가가 터져나오는 듯한 아버지
의 표정을 보던 그는 비닐봉투를 받아 연주에게 맡기고는
아버지를 모시고 중환자실 밖으로 나갔다.

　사용연한이 다 된 듯한 형광등 몇 개가 만들어내는 창백
한 깜박임 때문에 서늘한 기운이 드리운 복도를 지나자 아
직 어둠이 가시지 않은 병원 앞마당의 화단 벤치가 눈에 들
어왔다.

　“아버지, 왜 그러십니까. 아버지께서 힘내셔야죠.”

　그와 함께 벤치에 앉은 아버지는 잠시 눈을 감고 한숨을
내쉬었다.

　온갖 생각이 스치는 듯 복잡한 표정을 짓던 아버지는 어
렵게 가슴 속 깊이 간직해 왔을 법한 얘길 꺼냈다.

　이런 얘기까지 할 기회가 없어서였을까.

　일부러 여지껏 이런 얘길 하지 않으셨던 것일까.

　장남인 그조차 그동안 제대로 듣지 못했던 그 얘기는 ‘이

화자'와 '이성우'라는 이름으로 삶을 살아낸 어머니와 아버지가 함께 꼭꼭 묻어온 시간들이었다.

그 시간은 지금 여기 병원에서의 시간보다 더욱 사무치는 존재감으로 그의 가족을 관통해 왔다.

조선공사

극상은 병실 침대를 벽 쪽으로 밀어붙였다.

벽에 부딪쳐 쿵 소리가 날 정도로 세게 밀린 침대는 또다시 크게 흔들렸다.

극상은 필사적으로 침대 옆면에 몸을 붙이고 몸부림치는 성우를 막아냈다.

성우는 또다시 악몽이라도 꾸는지 고함을 지르며 침대 위에서 몸을 비틀고 있었다.

극상은 그런 성우가 침대에서 떨어질까 싶어 침대를 벽에 붙이고 스스로 추락방지 펜스가 된 것이다.

"젊은 애가 왜 이리 됐노."

"하필 거기를 다쳤노. 쯧쯧쯧. 앞으로 제대로 살 수 있겠나."

"언제 깨어난다 하더노. 깨어날 수는 있다더나."

오전에 다녀간 친지들은 성우의 모습을 보고는 모두들 이런 말을 던지고 갔다.

딴엔 걱정이 돼서 한다는 소리들이었으나 극상에겐 그 한마디 한마디가 가슴을 후벼 파는 비수로 느껴졌다.

"제발 일어나기만 해라. 눈이라도 한 번 떠 봐라."

극상은 몸부림이 잦아지면서 숨소리까지 옅어진 성우를 내려다보며 눈물을 지었다.

아들 성우는 극상에겐 늘 아픈 손가락이었다.

일제 강점기 경남 밀양에 살던 극상은 참봉 벼슬을 한 조부가 남긴 약간의 땅 덕에 남부럽지 않은 어린 시절을 보내다 10대 때 부모를 일찍 여읜 뒤 갑자기 무일푼이 됐다.

동양척식주식회사가 시한을 정해 강제한 토지 등록을 제대로 하지 못해 땅을 고스란히 빼앗겨 버렸기 때문이다.

집안에는 한자 4만자를 아는 것이 자랑일 정도로 한학에 정통한 어른도 있었으나 "땅문서가 있는데 웬 토지 등록이냐"며 무신경했기에 눈뜨고 토지 수탈을 당한 것이다.

키 190cm에 가까운 거구에 씨름판에서 당할 사람이 없을 정도로 힘이 센 극상이었지만 조실부모하고 땅까지 빼앗긴 그가 입에 풀칠하기 위해 할 수 있는 일은 밀양에선 찾기가 어려웠다.

결국 밀양을 떠난 뒤 우연히 양자기(법랑) 제조 기술을 익힌 극상은 일자리를 찾기 위해 친구들과 함께 일본인이 운영하는 큰 양자기 공장이 있다는 함경북도 청진까지 흘러갔다.

천리길을 마다 않고 찾아간 공장에서 극상은 일본인 트럭기사로부터 문전박대를 당했다.

극상 일행이 물러나지 않자 화가 난 듯 트럭기사는 자신이 유도 4단이라며 극상의 멱살을 잡고 던지려 했다.

씨름판을 주름잡는 장사였던 극상은 도리어 트럭기사의 허리를 잡고 집어 든 뒤 되치기로 던져버렸다.

쓰러진 트럭기사는 어이가 없다는 표정을 지으며 트럭으로 뛰어가 공구를 들고 나와 위협을 하기 시작했다.

극상이 다시 다가와 자신의 앞에 버티고 서자 트럭기사는 갑자기 공구를 휘둘러 극상의 얼굴을 가격했다.

"일본 말도 제대로 못 하는 주제에 뭔 취직이야. 가라면 갈 것이지 건방지게 토를 달고 있어."

극상이 피범벅이 된 얼굴을 감싸 쥐고 쓰러지는데도 트럭기사의 일방적인 구타가 계속되자 보다 못한 친구 2명이 합세해 극상과 함께 트럭기사에 맞서게 됐다.

"이 쪽발이 새끼야. 사람 죽는다. 그만해. 그만하라고."

온갖 공구가 널린 트럭 주차장에서 닥치는 대로 공구를 집어들고 벌어진 패싸움은 주위 사람들이 말리기 어려울 정도로 험악해졌다.

패싸움은 극상과 트럭기사 둘 다 피투성이가 된 채 몸을 가누지 못할 정도로 중상을 입고서야 겨우 끝이 났다.

하지만 일제 강점기에 일본인에게 거동을 못 할 정도로 중상을 입힌 조선인들을, 먼저 둔기로 폭행을 당했다

거나 하는 따위의 정상을 참작해 곱게 놔 줄 일본경찰이
아니었다.

검거령이 떨어진 극상 일행은 살기 위해 걸어서 동해안
을 따라 유리걸식을 하며 부산까지 도망을 쳐야 했다.

정어리를 잡는 고깃배를 타며 몸을 숨겼다가 외지인을
수상히 여긴 경찰의 추적이 이어지자 한밤중에 정어리 상
자를 들고 금강산으로 들어가 몇 주를 정어리만 먹으면서
몸을 숨기기도 했다.

그러는 동안 치료를 제대로 받지 못한 극상의 얼굴은 왼
쪽 광대뼈 언저리가 함몰돼 평생의 흉터를 남기게 됐다.

온갖 외지인이 몰리는 대도시 부산의 부둣가에서 막노
동을 하며 누구의 눈에도 띄지 않을 정도로 필부가 되고나
서야 극상 일행을 향한 일본 경찰의 추적은 집요함이 옅어
졌다.

그렇게 부산에서 신분을 지우고 몇 년을 살던 극상은 일
제로부터 광복이 3년 정도 남았을 무렵 조선방직에 다니던
여공을 만나 결혼을 하고 성우를 낳게 됐다.

성우는 부모를 일찍 여의고 혼자 힘들게 살아온 극상이
처음 갖게 된 선물 같은 피붙이였다.

그런 성우였지만 극상은 또다시 성우에게 해 줄 것이 없

어 애를 태워야 했다.

아내가 성우를 낳자 산후 질병을 앓은 데다 몸까지 약해 젖을 제대로 먹일 수 없었기 때문이다.

젖을 먹지 못해 축 늘어져 있는 성우를 이웃 아주머니들이 발견하고는 불쌍히 여겨 미음을 쑤어 먹이는 일도 잦았다.

극상이 돈을 벌기 위해 가족을 데리고 전국을 떠돌며 온갖 노동을 해야 했던 처지였기에 성우는 크면서도 삼시 세끼 끼니를 챙겨먹는 날을 손에 꼽을 정도였다.

극상이 당시로는 드물게 보는 거구인 데다 서구적인 외모였던 데 비해 성우의 키는 170cm 언저리에 머물렀다.

몸이 약했던 극상의 부인은 성우를 낳은 뒤 산후 조리도 제대로 하지 못한 채로 극상과 함께 전국을 떠돌며 갖은 노동에 시달리다 마음에도 병이 들고 말았다.

6.25전쟁이 터질 즈음 경남 언저리를 돌아다닌 통에 전쟁의 직접적인 참화를 피했다는 게 그나마 다행이었다.

극상의 부인은 영도에 자리를 잡고 성우가 국민학교를 갈 무렵엔 매일 이상한 소리를 할 정도로 상태가 심각해졌다.

정신병이라는 개념조차 희박했던 당시에 동네 사람들

은 극상의 부인이 신병이 걸렸다며 무당에게 신내림을 받아야 한다고 수군댔다.

그때부터 성우의 집엔 사흘이 멀다 하고 굿판을 벌이는 소리가 이어졌다.

굿판은 극상이 벌어오는 빠듯한 벌이를 흔적도 없이 사라지게 하기 일쑤였고 어린 성우도 굿판이 벌어지는 날이면 집에서 모습을 감추기 일쑤였다.

집에서도 학교에서도 마음 둘 곳을 찾지 못하던 성우는 다행히 작은 체구로도 중학교 시절부터 공수도(아직 태권도란 이름도 없던 시절이었다)와 유도에 관심을 가져 운동에 몰두했다.

창무관 오도관 국사관 등 당시 부산지역 공수도와 유도를 대표하는 도장에 출근도장을 찍다시피 주말도 마다않고 들락거렸다.

청소와 빨래 같은 굳은 일을 도맡는 조건으로 눈칫밥을 먹으며 어깨 너머로 운동을 배운 성우는 키도 체력도 딸려 남들보다 승급이 느렸다.

포기를 몰랐던 성우는 남들이 한 번 발차기를 할 때 열 번을, 한 번 낙법을 할 때 스무 번을 하는 노력을 기울였다.

고등학교 3학년 무렵에는 그 시절 부산 바닥에서도 손

꼽는다는 유단자까지 됐다.

주위에선 그런 성우를 '악바리'라 불렀다.

하지만 그 시절 무술 유단자는 귀한 만큼 거친 세계로부터 유혹도 많아 툭하면 폭력 사건에 휘말리기 일쑤였다.

그 즈음 영도의 부둣가에서 노동으로 생계를 꾸려가던 극상은 아내의 병을 치료하기 위해 재산을 탕진하는 바람에 학비도 제대로 챙겨주지 못해 성우가 나쁜 길로 빠지지나 않을지 늘 걱정이었다.

그런 극상의 걱정을 아는지 모르는지 성우는 공수도, 유도, 레슬링 등 거친 운동을 하며 폭력배로 길을 잡은 친구들과도 스스럼없이 잘 어울렸다.

어지간한 깡패들도 함부로 건드리지 못할 만큼 주먹깨나 쓰는 것으로 알려진 성우도 조만간 그런 길을 갈지도 모를 일이었다.

그러던 성우의 인생은 운동만으로 대학을 갈 수 있다는 사실을 알게 된 후부터 바뀌기 시작했다.

"동아대에 유도 장학생으로 입학하는 길이 있다더라."

레슬링을 하는 친구 문환은 고등학교 졸업을 앞둔 마지막 학기 어느 날 도장에서 대련 상대를 해 주다 성우에게 유도를 잘 하니 한 번 도전해 보라며 슬쩍 운을 뗐다.

곧 있을 공수도 대련에서 유도 기술을 접목해 상대를 제압하는 방법을 생각하며 문환의 옷깃을 잡는 데 골몰하던 성우는 문환의 말을 듣는 둥 마는 둥 했다.

없는 살림에도 굿으로 가산을 탕진하다시피 하는 집안 형편에다 공부에도 그다지 흥미가 없어 대학 진학은 꿈도 꾸지 않고 있었기에 성우의 반응은 시큰둥했다.

"그거 체급 상관없이 시합해서 우승해야 하는 거 맞제? 요즘 유도를 통 안 해서 시합이 되겠나?"

대답을 하는 척 문환의 시선을 끌던 성우는 오른쪽 어깨를 넣을 듯 하다 번개같이 왼쪽 어깨로 방향을 바꿔 허벅다리 걸기를 시도했다.

문환은 오른쪽 허벅지가 성우의 왼다리에 얹힌 채 뒤로 젖혀져 큰 회전을 그리며 넘어갔다.

공수도와 유도는 무술이라는 공통점 외에는 사용하는 근육이 완전히 다른 종목이다.

주먹과 발을 내지르는 운동인 공수도는 뿌리는 데 적합한 잔 근육을 사용하는 데 비해 상대를 붙잡고 던지는 운동인 유도는 당기는 데 적합한 큰 근육을 사용한다.

유도보다 먼저 승단을 한 공수도에 더 매력을 느끼고 공수도에 몰두해 왔던 성우는 유도 토너먼트 경기로 우승할 수 있을지는 자신이 없었다.

거구들이 주름잡는 유도계에서 체급 개념도 없는 경기에 나서 60kg이 채 되지 않는 몸으로 우승을 꿈꾼다는 것도 힘들어 보였다.

성우는 오히려 당시에 던지기가 허용됐던 공수도에 유도 기술을 접목시켜 대련에서 상대를 압도하기 위한 궁리에 골몰했다.

성우는 자신이 하려는 시도가 유도를 다 배우고 나면 배운다는 유술과 같다는 사실을 깨닫고 유술을 따로 배워보려고도 마음먹고 있었다.

공수도와 유도가 접목된 유술이라는 무술이 브라질로 건너간 뒤 유술을 일컫는 일본어 '쥬주츠(柔術)'가 브라질어로 '주짓수'로 불리게 된 것은 먼 훗날의 일이다.

"그래도 한 번 도전해 봐라. 져도 본전 아닌가."

넘어진 문환이 일어나면서 거듭 부추기자 성우는 떠밀리듯 도전을 결심하고 이튿날부터 소년부 시절 유도를 배운 국사관으로 나가 집중적으로 훈련하기 시작했다.

때마침 부산에 내려와 있던 대한유도학교(유도대학의 전신) 석진경 사범(일제 강점기 배재고보에서 유도에 입문해 일본 유학 시절 간사이 학생유도대회에서 우승한 한국

유도 1세대 간판스타. 해방 이후엔 대한유도회장과 국제유도연맹 부회장을 역임했다)이 성우의 훈련 모습을 보고는 "자네 자세를 보니 외박을 했네"라며 공수도식으로 바뀐 자세를 고쳐주는 행운을 맞기도 했다.

한 달 간 석 사범에게 유도의 기본자세부터 새로 익히며 자신감이 붙은 성우는 마침내 동아대 유도 장학생 선발대회에 나섰다.

준결승까지 가장 자신 있어 하는 기술인 업어치기와 조르기로 줄줄이 한판승을 거두며 쾌조의 컨디션을 보이던 성우 앞을 막아선 것은 100kg에 가까운 덩치였다.

체급 차이는 한 달의 훈련만으로는 극복할 수가 없었다.

게다가 한 달 전까지 공수도에 적합한 잔 근육만 키웠던 성우로서는 업어치기를 하려고 해도 30kg 이상 몸무게가 더 나가는 유도인을 업어칠 재간이 없었다.

성우는 결국 거듭 업어치기를 시도하다 상대에 깔린 뒤로는 경기장 천정만 바라보는 것밖에는 다른 방도가 없었다.

육중한 몸이 온 힘을 다해 자물쇠처럼 단단히 잠그는 누르기 한판에 의해 유도 장학생의 꿈은 매트 위에서 질식하고 말았다.

굳이 진학하려 하지 않은 대학이었지만 막상 유도로 도전을 했다가 좌절하고 보니 너무 뼈아팠다.

성우는 괜히 눈물이 나올 것 같은 느낌에 경기가 끝나자마자 매트를 뛰다시피 빠져나왔다.

"사내자석이 그만 일로 왜 코 빠뜨리고 있노. 괜찮다. 대학 등록금 마련해 줄 테니 가거라."

전날 밤 늦게까지 이어진 잔업으로 젖은 솜처럼 무거운 몸을 일으키던 극상은 낙담해 아침부터 단칸방 방구석에 쪼그리고 앉아 있는 성우를 발견하고는 어깨를 두드리며 이렇게 말했다.

"우리 형편에 무슨 대학입니까. 그냥 취직이나 할게예."

성우는 방에 몸져 누워 있는 어머니를 쳐다보다 힘없이 고개를 수그렸다.

"부두에서 드럼통 나만큼 잘 다루는 사람이 없어서 코스코 도반장이 됐다. 이제 니 하나쯤 대학 보내는 거 할 수 있는 기라."

코스코는 당시 영도에 있던 국내 최대 모빌유 공급업체였다.

모빌유의 가장 큰 소비처인 군대에 독점적으로 기름을 공급하던 업체였기에 일하는 인부만 해도 2000명이 넘을 정도였다.

자동화 시설이 전무하던 시절 대부분의 일은 사람이 직접 드럼통을 굴리는 방식으로 해야 했다.

그 드럼통 굴리는 일을 덩치 크고 힘센 극상은 5명 몫을 혼자 해낼 정도로 기가 막히게 잘 했다.

드럼통을 비스듬히 세워 정해진 장소까지 굴리고 가는 일은 균형을 맞추기가 어려워 혼자서 하나를 옮긴다 해도 비틀거리기 일쑤다.

극상은 그런 드럼통을 양손에 하나씩 잡고 자동차 바퀴 굴리듯이 수월하게 굴리며 뛰어다녔다.

근대식 학교 문턱에도 간 적이 없었지만 머리가 비상했던 극상은 손으로 하는 계산으로도 곱셈 나눗셈을 능숙하게 해낼 정도여서 힘도 쓰고 머리도 쓰는 몇 안 되는 일꾼으로 꼽혔다.

"늬 엄마도 좋아할 게다. 아무 소리 하지 말고 대학에 가라."

"아버지, 정말이라예?"

성우는 믿을 수 없는 극상의 얘기에 망설였으나 아예 집 밖으로 등을 떠밀어 내며 원서를 넣고 오라는 극상의 다그침에 동아대 기계공학과에 원서를 넣게 됐다.

처음으로 공부를 한 번 해 보리라 마음 먹으면서 성우는 내게도 이런 날이 오다니 이게 무슨 일인지 싶어 문환에게 꿈은 아닌지 뺨을 한 번 때려 달라고 부탁하고 싶을 정도였다.

대학에 붙고 처음 자발적으로 학교를 다니던 때가 성우에겐 인생에서 그리 길지 않은 빛나던 시기였다.

끊임 없이 자신을 괴롭히던 월사금 걱정 따위를 하지 않고도 학교를 다닐 수 있다는 것만으로도 성우는 극상에게 그렇게 고마울 수가 없었다.

혹여 자신이 나쁜 길로 가지나 않을까 걱정하는 극상의 걱정을 불식시키고 머리를 쓰며 벌어먹고 사는 사람이 될 수 있을 것도 같았다.

될 수 있을 것 같다는 생각만으론 성에 안 찼다.

반드시 그래야만 했다.

자신이 첫발을 잘 떼면 동생 은우도 거뜬히 건사할 수 있으리라는 자신감도 생겼다.

호사다마라 했던가.

대학을 입학해 겨우 한 학기가 지났을 무렵, 어머니의 상태가 점점 심각해지기 시작했다.

하루 종일 넋 나간 모습으로 몽롱하게 앉아 있다가 갑자기 호랑이와 뱀이 보인다고 악을 쓰며 이불을 뒤집어 쓰고 벌벌 떠는 일이 잦아진 것이다.

단단히 신병이 났으므로 굿을 해야 한다고 너도나도 입을 모으는 사람들의 극성에 극상은 더 큰 굿판을 벌일 수밖에 없었다.

무당이 귀신을 쫓는다며 칼로 정수리를 내리치는 바람에 어머니의 상처가 곪아 며칠을 고생하는 모습을 접한 성우는 급기야 극상에게 대들게 됐다.

"아버지, 이제 그만 하이소, 좀. 어머니 돌아가시겠습니다."

"귀신을 쫓아야 산다 안 하나, 귀신을."

부자지간에 싸우는 소리가 문지방을 넘은 다음 날 어머니는 모습을 감췄다.

극상과 성우는 사방으로 뛰어다니며 아내와 어머니를 찾았지만 어디에서도 흔적을 찾을 수 없었다.

사람들은 또 다시 귀신이 데려갔다며 뒤에서 수군대고 있었다.

성우가 더 이상 안 되겠다며 경찰에 실종신고를 하자 며칠이 지나 경찰로부터 연락이 왔다.

태종대 입구 오른쪽 절벽 아래 임자 없는 여자 시신이 발견뎠다는 것이다.

"설마. 늬 엄마 아닐 거다. 그런 데 갔을 리가 있나."

극상의 집이 있는 청학동과 태종대까지는 30리나 떨어져 있었다.

새벽에 집에서 나갔다고 해도 제대로 된 길로 가려면 새벽시장을 둘이나 거쳐야 했다.

일부러 길도 제대로 나지 않은 산길로 길을 잡지 않고서야 사람들 눈에 띄지 않고 걸어서 갈 수는 없는 거리였다.

그동안 집 주변을 샅샅이 살핀 성우도 극상의 말이 맞다고 맞장구를 쳤다.

마음으로는 어머니가 아니어야 한다고 외치고 있는지도 몰랐다.

한달음에 달려간 태종대 입구 현장에는 너무나 깨끗한 시신이 마치 자고 있는 듯 뉘어져 있었다.

시신이라는 느낌이 조금도 들지 않는 그 몸의 주인은 그렇게나 아니라고 믿고 싶었던 어머니였다.

"아시는 분이라요? 빨리 확인해 보소."

삽을 들고 있던 공무원인 듯한 40대 남자가 재촉을 했다.

그는 신원이 확인되지 않으면 그 자리에 곧장 시신을 묻으려 했다고 했다.

아무리 무연고 시신이라 해도 이렇게 아무렇게나 묻으려 했다니 이게 될 법이나 할 소린가.

"뭔 소립니까. 우리 어머니 맞아요. 우리 어머니 맞아. 우리 어머니라고…."

눈물조차 제대로 나지 않아 쉰 소리를 내며 울먹이는 성우를 보고 그는 입맛을 다시며 삽을 둘러메고 자리를 떴다.

그의 뒤로 인부로 보이는 3명의 남자가 역시나 각자 들고 있던 곡괭이와 삽을 끌며 떠났다.

어머니는 아직 따뜻했다.

성우는 어머니 손을 붙잡고 마구 흔들기 시작했다.

주위 사람들이 모두 사라지자 그제서야 말랐던 눈물이 나왔다.

"어머니, 괜찮지예? 어머니, 눈 좀 떠 보이소. 어머니. 어머니."

음력 5월로 더워지기 시작하려는 계절에 어머니 시신이 이렇게 깨끗한 데다 심지어 따뜻하기까지 한 것은 무슨 의미인가.

성우는 어머니가 돌아가신 지 얼마 되지 않았다고 생각했다.

몇 시간 전까지 살아계셨을 것만 같았다.

절벽에서 떨어진 뒤 구조를 받지 못하고 굶어 돌아가신 건 아닐까.

몇 시간만 일찍 발견했더라면 사실 수 있었던 건 아닐까.

왜 여기까지 찾아볼 생각을 하지 못했을까.

온갖 후회와 안타까움이 교차하는 속에 성우는 어머니의 시신을 업고 절벽을 기어 올라왔다.

절벽 위에는 경찰이 성우를 기다리고 있었다.

공무원인 듯한 이들이 무연고 시신을 파묻으려 할 때는 뒷짐을 지고 있던 경찰은 시신의 신원이 확인되자 절차를 따지기 시작했다.

"사인이 규명돼야 장례를 치를 수 있습니다."

"아니, 저 밑에선 우리 어머니를 파묻으려 했던데 지금 그게 뭔 소립니까."

"아무튼 절차가 그러니 일단 시신은 우리 쪽으로 넘기고 검안이든 부검이든 절차가 다 끝나고 나면 인계해 가세요."

흔적도 없이 파묻힐 뻔한 어머니의 시신을 찾자마자 내놓으라니….

무연고 시신일 때는 절차를 거치지 않고 후딱 처리하려던 이들이 아들이 나타났다니까 공식적인 근거를 남기려 그러는 것 같았다.

성우로부터 연락을 받고 굴리던 드럼통을 내팽개치고 뛰어온 극상은 성우의 울부짖음 속에서 겨우 먼 친척 중에 검사가 있다는 사실을 떠올렸다.

"고생만 하다 간 사람인데요…. 38년 평생 가는 길이라도 편하도록 몸에 칼 대지 않도록만 해 주이소."

검사의 도움으로 어렵사리 시신을 고이 넘겨받아 겨우 초상을 치르게 된 성우는 문득 "내 죽으면 화장을 해라"고 입버릇처럼 되뇌던 어머니를 떠올렸다.

하지만 성우로서는 생전 병으로 고생만 하다 가신 어머니를 화장할 순 없었다.

어머니의 유언과는 달리 성우는 어렵게 집에서 가까운 곳에 묏자리를 구해 어머니를 묻어드렸다.

어머니가 세상을 떠나고 난 뒤 거짓말처럼 가세는 다시 기울었다.

코스코의 도반장이 된 극상은 얼마 지나지 않아 코스코를 나와야 할지도 모를 형편이 됐다.

그 즈음 영도에서 드럼통으로 실어 날라지던 모빌유를

더욱 효과적으로 운송하기 위해 영도 바깥쪽으로 유류 운송 파이프가 설치되기 시작했기 때문이다.

드럼통 운반을 특기로 하는 일꾼은 점점 일자리를 잃어 갔다.

일감이 급격히 줄어 벌이가 반토막이 난 극상에게도 퇴사의 칼바람이 언제 불어 닥칠지 모르게 됐을 때 성우는 결국 2년만에 다니던 대학을 스스로 그만둬야 했다.

더 이상 한가하게 학생으로서의 꿈을 꾸기 어려워진 성우는 인생의 탈출구로 군 입대를 선택하게 됐다.

누구에게나 결핍의 시기이기 쉬운 군대가 역설적으로 성우에게는 잠시나마 생활의 고단함을 잊을 수 있는 장소였다.

성우는 오히려 휴가 때마다 동생 은우의 급성 골수염 수술 뒷바라지를 하거나 생계를 위해 이웃집에서 얻은 돼지를 키우려고 마을을 돌며 음식물 찌꺼기를 얻으러 다니는 등 생활의 고단함을 온 몸에 새겨야 했다.

휴가를 손꼽아 기다리는 다른 군인들과는 달리 성우는 늘 복귀를 더 기다리는 휴가병이었다.

전방 근무로 몸은 힘들었어도 마음만은 편했던 군 생활을 마치고 제대한 성우는 집에 돌아와 코스코 일이 끊기는 바람에 실업자가 돼 있는 극상을 마주해야 했다.

망연자실한 성우가 그나마 위로를 얻은 건 그 사이 돼지가 새끼를 쳐 7마리로 불어났다는 것 정도였다.

대학 중퇴의 학력으로나마 취직이 절실했기에 부끄럼을 무릅쓰고 먼 친척에게까지 취직자리를 알아봐 달라는 부탁을 한 지 한 달여.

부산에서 터를 일군 럭키(LG화학의 전신)라는 회사의 압출실 정비공 자리가 났다는 소식이 성우에게 들려왔다.

집이 있는 영도구 청학동에서 부산진구 초읍동까지는 버스를 세 번이나 갈아타야 했으나 성우는 한달음에 럭키로 뛰어갔다.

금성(LG전자의 전신)의 초창기 간부 사원이었던 먼 친척의 소개로 성우를 맞이한 이는 럭키와 금성을 설립한 구인회 회장의 아들 구자경 상무였다.

성우를 면접한 구 상무는 "아직 특별한 기술이 없으니 좀 힘들긴 해도 처음부터 일을 배워야 한다"며 성우를 압출실 정비공으로 배치했다.

하루 2교대의 빡빡한 근무여건에 일당 115원에 불과한 자리였지만 찬밥 더운밥을 가릴 처지가 아니었다.

압출실은 폴리에틸렌 원료에 압력을 가해 수지를 원하

는 형태로 뽑아내는 기계가 있는 곳이었다.

압출로 수지를 생산하는 공정은 불순물이 많이 나와 기계는 수시로 고장이 났다.

그 고장난 기계 부품을 분해한 뒤 정비공장에 가져갔다가 수리된 부품으로 교환해 다시 조립하는 업무가 정비공의 일이었다.

맞교대로 주야간이 바뀌기 일쑤인 데다 늘 긴장상태로 대기해야 하는 고된 업무였지만 그는 6개월 만에 인정받는 정비공이 됐다.

구 상무는 자신이 추천해 배치한 성우가 압출실에서 인정을 받자 성우에게 공무과 설계 담당으로 옮기는 게 어떻겠느냐는 제안을 했다.

구 상무는 공무과로 옮기는 대신 대학 공부를 2년 하고 중단했으니 야간대학이라도 다니면서 4년 공부를 다 마쳐야 한다는 조건을 내걸었다.

성우는 구 상무의 제안이 너무 고마우면서도 늘 다른 곳을 알아봐야 하는 게 아닐까 하는 마음을 놓을 수 없었던 압출실 근무 여건을 떠올렸다.

국내 굴지의 대기업으로 성장하는 럭키의 미래를 아는 이들이라면 이해하기 힘든 일이지만 당시 럭키에서 받는 일당 115원은 성우가 가족들을 부양하기에는 턱없이 모자란 금액이었다.

중국집 잡채밥 한 그릇이 130원 하던 시절이었다.

일당으로 혼자 잡채밥 한 그릇도 사 먹기 어렵다는 현실을 깨달을 때마다 한숨을 쉬던 성우는 회사 중역으로부터 인정을 받고 있다는 사실이 무엇인지조차 돌이켜 볼 마음의 여유가 없었다.

한시라도 빨리 돈을 벌어야 한다는 조바심에 대학 공부를 더 해야 한다는 조건도 답답하게만 보였다.

그런 성우에게 솔깃한 얘기가 들렸다.

우리나라가 앞으로 조선업이 주력산업이 될 것이고 영도의 조선공사란 곳이 그 산업을 이끌 것이란 얘기였다.

해방되던 해 국영기업으로 출범한 조선공사는 때마침 일감이 몰려 일손을 충원하느라 여념이 없었다.

일당 250원이라는 파격적인 조건까지 덧붙인 구인광고를 접한 성우는 결국 럭키를 나와 조선공사로 일자리를 옮기고 말았다.

럭키보다 두 배 이상 돈을 벌 수 있다는 생각에 성우는 빨리 돈을 벌어 태권도(국내 공수도는 1960년대 대한태권도협회가 생기면서 이름을 공식적으로 태권도로 바꾼다)

도장을 열겠다는 꿈도 꿨다.

조선공사는 3교대로 근무여건이 럭키보다는 괜찮은 편이었지만 조선업과 관련해 특별한 기술이 없었던 성우는 해머질부터 새로 배워야 했다.

성우는 벌겋게 달군 철판을 해머로 두들겨 필요한 모양의 구조물을 만드는 작업에 투입됐다.

불기운이 반가운 겨울엔 그나마 견디기 수월했지만 여름엔 지옥불 같은 철판의 열기에 몸에 난 땀구멍이란 땀구멍은 전부 열리는 느낌이 들었다.

열기뿐만이 아니라 해머의 타격소리로 인해 퇴근할 때쯤이면 이명이 생기는 극한의 작업 환경은 성우의 청각을 조금씩 망가뜨리기 시작했다.

낮은 소리가 잘 안 들리는 것 같다는 느낌이 들면서도 성우는 한 푼이라도 더 벌어 빨리 도장이라도 열어야 한다는 생각에 그 같은 느낌이 사치라고 여겼다.

"천정크레인 운전하는 놈이 갑자기 휴가를 가면 어떻게 하노. 철판 뒤집어야 할 거 아니가. 누구 기계 좀 만져본 놈 없나."

그렇게 1년 가량 해머질이 익숙해질 무렵의 어느 날 한참 해머질을 하는 도중 고기조 직장의 고함소리가 들렸다.

아마도 일거리가 밀려 있는데 천정크레인 운전기사가 갑자기 휴가를 간 모양이었다.

고 직장은 조선공사가 문을 연 뒤 현장에 들른 박정희 대통령이 기술 부족으로 공장 가동이 제대로 되지 않는 것을 보고는 배 만드는 기술자를 전국으로 수배해 직접 불러들인 전설적인 인물이었다.

그는 일제 강점기 시절 일본인들로부터 배 만드는 기술을 배웠으나 해방 이후 국내 선박 제조 일거리가 없어 동사무소 서기로 일하다 박 대통령으로부터 발탁돼 조선공사에서 다시 일을 시작했다.

조선공사의 현장 근무에 필요한 조직 구성과 근무 형태가 확립이 된 것은 그의 경험이 토대가 됐다고 해도 과언이 아닐 정도였다.

자신이 발탁한 고 직장에 대한 관심 때문인지 박 대통령은 수시로 조선공사에 전화를 걸어 고 직장에게 건의사항을 물었고 그의 건의에 따라 독일에서 천정크레인을 들여오라는 지시를 내리기도 했다.

그렇게 뼈대를 갖추기 시작한 조선공사는 선박 수리업부터 시작해 1963년 울릉도와 제주도를 오가는 화객선인 청룡호(350톤)와 가야호(500톤)를 만들면서 조선업체로

조선공사

본격 성장했다.

명성만 들어오던 고 직장이 지르는 고함 소리에 성우가 무심코 고개를 들자 고 직장은 성우를 보고 "니 기계공학과 다녔다 안 했나"라며 따라오라고 손짓했다.

"저기 운전석 올라가서 천정크레인 한번 움직여 봐라. 레버가 3개 있는데 전후 좌우 위아래 이럴 끼다. 조금씩 움직거리 보면 어느 게 어느 건지 알 수 있을 끼다. 빨리 올라가라. 바쁘다."

고 직장의 성화에 떠밀려 난생 처음 12m 높이의 천정크레인 운전석에 올라간 성우는 레버 3개를 놓고 손을 떨기 시작했다.

처음 만져보는 중장비의 묵직한 느낌에 겁을 집어먹고 어떻게 해야 할지 모르는 표정을 짓고 있으려니 밑에서 고 직장의 고함이 운전석 유리를 뚫고 올라온다.

"뭐 하노. 레버 움직거리 보라니까."

그제서야 정신이 든 성우가 왼쪽 레버를 조금 움직이자 크레인 위 대차(트롤리)가 앞뒤로 움직였다.

중간 레버는 크레인 의 좌우 이동, 오른쪽 레버는 갈고리의 상하 이동이라는 것을 금세 눈치챈 성우는 겨우 자신감을 갖고 레버를 이리저리 움직이기 시작했다.

그렇게 성우가 30분가량 레버를 움직이다 작동법이 손에 어느 정도 익어 보이자 고 직장은 곧바로 철판을 고리에 걸고 뒤집어 보자고 했다.

"쿵"

요란한 소리와 함께 크레인 고리에 걸린 쇠사슬에 걸쳐져 있던 철판이 성우의 조종으로 뒤집힌 그 순간을 성우는 평생 잊지 못 했다.

성우의 남은 인생이 좋든 싫든 크레인과의 인연으로 점철될 것임을 예고하기라도 하듯 성우는 크레인을 처음 운전하는 사람답지 않은 모습을 보였다.

성우가 생각보다 크레인 조종에 소질을 보이자 고 직장은 다음 날부터 성우를 크레인 조종 담당으로 옮기도록 했다.

해머질보다는 크레인 조종이 훨씬 낫다고 생각한 성우는 설비기사를 따라다니다시피 하며 크레인 설비의 작동 원리까지 배우는 데 공을 들였다.

어느덧 조선공사 안에선 성우의 크레인 조종을 따라올 이가 없을 정도로 성우는 하역 기계에 재바른 인물로 통하게 됐다.

하지만 그 크레인 조종도 밑에서 철을 녹이는 과정에 들어가는 석탄이 뿜어내는 연기에 기관지를 고스란히 내놓고 해야 했기에 작업 환경은 여전히 극한에 가까웠다.

운명의 그날은 성우가 조선공사에 들어간 지 2년이 조금 지났을 무렵이었다.

8월 중순 여름 휴가를 마치고 돌아온 성우는 크레인에 올라가 작업을 하다 브레이크를 걸어도 화물이 자꾸 밀려 내려간다는 사실을 발견했다.

사고라도 나기 전에 빨리 수리를 해야겠다고 생각한 성우는 작업이 잠시 중단된 틈을 타 스패너로 브레이크 라이닝을 조정하기 시작했다.

성우가 아래쪽으로 스패너를 돌리는 순간 어느 정도 힘을 받으리라 생각했던 너트가 갑자기 아무런 저항 없이 휙 돌아가 버렸다.

체중을 실어 스패너를 돌리던 성우는 그 서슬에 그만 12m 아래로 떨어지고 말았다.

사람이 죽기 직전에는 그동안의 삶이 주마등처럼 스쳐 지나간다는 말이 있다.

그 정도는 아니라고 해도 떨어지는 순간 성우는 모든 장면이 슬로우 비디오처럼 보이면서 머리 속에 온갖 생각이 떠오르기 시작했다.

이대로 떨어지면 죽는다.

유도.

그래 나는 유도 유단자 아닌가.

낙법을 하면 된다.

저 아래 철판에 닿기 전에 굴러야 한다.

몸을 최대한 둥글게 말고 팔을 엇갈려 머리를 넣고….

대여섯명을 엎드리게 한 뒤 그 위로 몸을 날려 구르며 몸에 버릇처럼 익혀둔 유도의 회전 낙법 기술도 12m나 되는 높이 앞에선 아무런 소용이 없었다.

머리가 아래쪽으로 향한 채로 철판에 떨어지면서 오른쪽 머리 옆 부분에 큰 충격을 받은 성우는 정신을 잃고 말았다.

코에서 피를 쏟으며 철판 위에 쓰러져 있는 성우를 보고 놀란 직장동료들은 어찌해야 좋을지 몰라 발을 동동 굴렀다.

구급차를 기다리기엔 너무 위급해 보이는 성우를 보고 동료들은 급한 대로 덤프트럭에 싣고 가까운 의원으로 향했다.

성우는 이미 영도에 있는 동네 의원에서 처치할 수 없는 상태였다.

고개를 내젓던 의사는 응급처치만 하고는 초량의 송두

호 신경외과로 다시 옮기라고 말했다.

그제서야 구급차에 실려 간 성우는 옮긴 병원에서도 곧장 수술을 받지 못하고 대기해야 했다.

혈압이 수축기에도 80이 되지 않아 수술을 할 수 없다는 의사의 판단 때문이었다.

산소마스크를 낀 채 혈압이 어느 정도 회복될 때까지 다시 4시간의 시간이 흘렀다.

두개골 내 출혈의 진행을 막기 위해 더 이상 시간을 지체할 수 없다고 판단한 의사는 마침내 오후 3시경 수술을 시작했다.

병명은 두개골 골절 내경 막하 출혈.

한푼이라도 더 빨리 돈을 벌어 태권도 도장을 열겠다던 성우의 꿈은 그렇게 사라져 버리고 말았다.

그날부터 극상은 병원을 떠나지 못했다.

수술 후에도 의식을 회복하지 못 하고 사경을 헤매던 성우는 몸부터 먼저 깨어났다.

몸은 생존을 위해 끊임없이 무언가를 넣어주길 바랐고 무언가를 내어놓길 주저하지 않았다.

의식이 없는 몸의 생존전략은 의식이 있는 누군가가

반드시 희생이란 이름으로 뒷받침할 때라야 실현이 가능하다.

극상은 성우의 몸이 생존할 수 있도록 자신이 기꺼이 희생을 맡아야 한다고 생각했다.

의식이 없는 상태에서도 사고 후 보름이 지나자 성우는 갑자기 꿈이라도 꾸는지 몸부림을 치고 몸을 뒤흔들며 경련을 일으키기 시작했다.

성우의 몸부림을 본 극상은 침대 곁을 떠나기가 무서워졌다.

혹시라도 성우가 침대에서 떨어질까 두려웠기 때문이다.

극상은 아예 병원 침대를 벽으로 밀고는 자신의 몸으로 몸부림치는 성우를 막아냈다.

성우의 몸이 자신의 몸에 부딪힐 때마다 제발 살아나기만 해 달라고 눈물로 기도하면서….

성우가 입원하는 바람에 그나마 성우의 벌이로 지탱할 수 있었던 집안 살림이 바짝 말라가는 것과 동시에 성우의 간병을 하던 극상도 바짝 말라갔다.

씨름판에 적수가 없어 판막이를 할 정도로 탄탄했던 거구의 사나이는 어디 가고 병원 침대 옆엔 뼈마디까지 홀쭉해진 중늙은이가 앉아 있었다.

극상의 얼굴엔 살이 빠진 음영으로 인해 윤곽을 가감 없이 드러낸 광대뼈의 흉터가 날이 갈수록 두드러져 보였다.

조선방직

회사 사무동 앞 마당엔 뭔가를 설치하기 위해 아침부터 사람들이 분주하게 움직였다.

"기어이 행사를 하려나 보네…."

출근길에 그 모습을 보던 화자는 자신도 모르게 이렇게 중얼거렸다.

며칠 전부터 간혹 오가기 시작하던 낯선 얼굴이 그날 아침엔 20여 명으로 늘어나 있었다.

회사가 문을 닫는다는 소식은 연초부터 들려왔다.

부산시로 회사가 넘어갔다는 얘기를 들은 지도 한 달여가 지났다.

그런 얘기들에도 아랑곳하지 않고 아직 회사엔 방적기 돌아가는 소리가 우렁차게 메아리치고 있었다.

회사 정문에 선명하게 내걸린 '조선방직주식회사' 간판도 그대로였다.

그러던 것이 며칠 전 '기공식'이라는 이름으로 회사 마당에서 행사를 한다는 소문이 돌면서부터 분위기가 확 바뀌었다.

공사를 시작한다는 의미의 기공은 조선방직을 허물고 그 자리에 부산시청과 시외버스터미널을 세우겠다는 부산시의 의지가 담긴 단어였다.

조선방직의 직원들은 그제서야 회사의 운명을 온몸으로 깨달았다.

　　아울러 오갈 데 없어지게 될 자신들의 운명도….

　　계절의 여왕이라는 5월답게 더없이 푸른 하늘로 인해 조선방직의 암울한 미래는 더욱 암담해 보였다.

　　생일을 불과 며칠 앞둔 화자는 사무동 안에서 회사 마당에 내걸리기 시작하는 기공식 행사 현수막들을 내다보며 착잡한 마음에 한숨을 내쉬었다.

　　25년 전인 1943년 5월 일본 큐슈 나가사키현 인근 오무라비행장 공사현장의 하늘도 더없이 푸르렀다.

　　춥지도 덥지도 않은 그 계절에 화자는 오무라비행장 공사현장 공영숙소에서 처음 세상을 구경했다.

　　화자가 일본에서 태어나게 된 것은 1930년대 후반 중국과 동남아까지 전선이 확대된 일본이 전쟁 수행을 위한 인력 확보에 열을 올렸기 때문이다.

　　일본은 군인이 모자라 강제징용을 위한 각종 입법을 서두르고 전쟁 준비 일선에도 각종 기술자 확보에 총력을 다했다.

　　화자의 아버지 현제는 이 같은 분위기 속에 일본에 흘러

들어온 노동자였다.

현제는 젊은 시절 남들보다 일찌감치 익힌 자동차 정비 기술이 일본인들의 눈에 띄어 일본인들로부터 일본으로 가면 큰 돈을 벌 수 있다는 얘기를 자주 들었다.

결혼 이후 부양가족이 늘어나자 가족을 먹여 살려야 한다는 의무감에 사로잡힌 현제는 돈을 벌 수 있는 기회를 잡기 위해 일본행을 감행했다.

기술만으로 조선인이 일본에서 자리를 잡는다는 건 생각만큼 쉽지 않겠지만 현제는 일본에 먼저 터잡은 먼 친척을 통하면 취직을 할 수 있으리라 생각했다.

다섯 살배기 장녀 인호와 두 살배기 아들 문호를 데리고 아내와 함께 현해탄을 건넌 현제는 친척의 도움으로 건설현장 노동을 시작할 수 있었다.

현제는 어린 시절 서당에서 한학을 배운 덕에 한자를 2만 자 이상 알고 있을 정도로 한자에 능통했다.

한국말을 한자로 실시간 번역할 수 있는 수준의 실력을 갖춘 현제는 조선시대였다면 과거에 응시해도 무방할 정도였다.

과거 응시도 불가능한 시대 상황에 현제는 한학에 매진하기보다 일찌감치 기술을 배우는 쪽으로 인생의 방향을 잡은 것이다.

다행히 일본은 한자 위주의 언어체계를 가지고 있는 나라였기에 한자를 한글만큼이나 자유자재로 구사하는 현제는 필담만으로도 일본인들과 의사소통을 하는 데에 무리가 없었다.

일본인들은 과묵하다고만 생각했던 현제가 수려한 필체로 한자를 적어 뭔가를 물어올 때마다 놀라운 눈으로 쳐다보곤 했다.

한자를 제대로 몰라 일본어 알파벳인 히라가나만으로 의사소통을 하는 이들도 많았던 당시에 현제의 탁월한 한자 실력은 금세 인정을 받기에 모자람이 없었다.

교육 수준이 높아지고 전산화가 확대된 요즘은 평가 방식을 전면 개편해야 한다거나 아예 폐지해야 한다는 목소리가 높지만, 일본에서도 광복 직후 한국에서도 각종 고시는 문서 처리 능력을 평가하는 데 방점을 두고 치러졌다.

교육 수준이 높지 않았던 시절, 복잡한 사안을 정리해 문서로 기록하는 능력을 갖춘 이들이 그만큼 드물었기 때문이다.

현제는 일본인들의 눈에도 그 드문 능력을 갖춘 데다 자동차 정비 기술까지 갖추고 있는 인물로 여겨졌기에 현해탄을 건너온 지 2년이 지났을 무렵엔 오무라비행장 건설현장의 장비 책임자 자리까지 맡기에 이르렀다.

고급 한자 실력에 정비 기술까지 갖춘 현제에게는 일본인 장교들도 막 대하기 힘들 정도의 아우라가 있었다.

그 즈음 화자가 태어난 것이다.

인호와 문호는 물론 화자 밑으로 태어나는 동생들 이름이 모두 '호'자 돌림인 것과는 달리 화자는 '정호'라는 이름을 두고도 일본에서 태어나 '가즈코(和子)'로 불리던 게 이름으로 굳어 버렸다.

현제가 일본에 처음 왔을 때만 해도 끼니를 걱정해야 할 정도였던 집안 형편은 화자가 태어났을 무렵엔 그야말로 활짝 피었다고 할만 했다.

인호와 문호가 그 시절을 '단팥빵 앙꼬만 파먹고 버리던' 시절로 기억했을 정도였다.

하지만 일본까지 넘어가 찾은 행복은 그리 오래가지 않았다.

패전의 기운이 짙게 드리워지기 시작한 일본은 조선인 가족이 평온한 생활을 할 수 있는 곳이 아니었다.

현제는 화자가 태어난 지 2년이 조금 못 미칠 무렵 갑자기 중국 만주로 전출을 당해야 했다.

태평양 전선에 치중하느라 장비와 인력에 구멍이 나 버리는 바람에 만주에서 중국과 소련 양 측으로부터의 공격에 취약해진 일본이 새로운 인력을 만주로 긴급 수혈하고 나섰기 때문이다.

한겨울 갑자기 만주 전출을 통보받은 현제는 그나마 안정된 삶을 누리고 있는 일본에 처자를 두고 혼자 짐을 꾸리고 집을 나서기로 결심했다.

어렵사리 자리잡은 일본을 떠나 한 번도 가 본 적 없는 중국 만주에 가족이 다시 터잡기란 너무 어려울 것이라는 생각에서였다.

혼자 만주에 간다고 해도 그쪽 사정만 나아지면 곧 돌아올 수 있으리라는 생각도 들었다.

새벽을 틈타 애들이 깨기 전에 떠나려 했던 현제는 방문을 열다 화자와 눈이 마주쳤다.

"아빠, 아빠, 아빠."

어린 화자가 일어나 아빠의 다리를 붙잡고 칭얼대며 부르는 소리에 현제는 그만 가던 발길을 멈추고 말았다.

결국 가족과 함께 전출하기로 마음을 바꾼 현제는 가족을 모두 이끌고 현해탄을 다시 건너가 만주행 열차에 몸을 실었다.

한겨울 갑자기 이뤄진 전출 조치로 인해 현제 가족은 제대로 짐을 챙기지도 못한 채 피란민처럼 만주에 도착해야 했다.

아이가 오줌을 눌 때면 작대기로 두드려 오줌 줄기가 얼지 않도록 해야 할 만큼 혹독한 만주의 추위는 불안한 앞날보다 더욱 고통스러운 현실이었다.

아이러니하게도 그 고통은 현제의 가족을 참화에서 구하는 결과로 이어졌다.

현제가 만주로 전출간 지 반년이 조금 지났을 무렵 일본 나가사키에 원자폭탄이 떨어졌던 것이다.

현제가 살던 공영숙소가 위치한 오무라비행장을 비롯해 나가사키 인근이 초토화됐기에 현제가 가족을 현장 공영숙소에 두고 떠났더라면 다시는 가족을 보지 못하게 됐을 터였다.

원자폭탄이 떨어진 일본을 벗어나 살아남았다는 안도로 가슴을 쓸어내릴 사이도 없이 현제는 일본의 무조건 항복으로 일본군이 철수하기 시작하면서 만주에서도 더 이상 살 수 없는 처지가 됐다.

현제는 가진 기술이 있으니 서울에만 가면 먹고 살 수 있으리라는 생각에 가족들과 함께 귀국선에 몸을 실었다.

귀국선엔 현제처럼 중국까지 흘러들어간 노동자뿐만이 아니라 항일 투쟁을 벌이거나 일본군에 징집됐던 이들까지 나라를 잃고 겪어야 했던 다양한 사연이 고스란히 함께 실려 고국으로 돌아왔다.

광복 이후 서울은 자동차 정비 기술을 가진 현제에겐 기회의 땅이었다.

그 즈음부터 서울에서도 자동차 정비를 필요로 할 만큼 자동차가 늘어났기 때문이다.

서울에서 현제는 자동차 정비 공장 간부로 일하면서 5년 가까이 광복이 가져온 불안한 평화를 누릴 수 있었다.

남과 북으로 갈려 각각 미군과 소련군에 의해 통치가 이어지던 불안한 평화는 초여름 일요일의 적막을 깬 포성을 시작으로 산산히 부서지고 말았다.

전차부대를 앞세운 북한 인민군의 전면 남침으로 6.25 전쟁이 터지고 만 것이다.

국군이 조금은 버텨주리라 믿었던 현제의 바람과는 달리 인민군은 생각보다 일찍 물밀 듯 서울로 쏟아졌다.

가족과 함께 피란행렬에 몸을 싣고 남쪽으로 떠나려던 현제는 커다란 폭발음과 함께 한강다리가 폭파됐다는 소식을 접하고는 혼비백산해 발걸음을 돌렸다.

조선방직

불안에 떨며 집으로 돌아온 현제는 가족들과 함께 자신이 일하던 자동차 정비공장 창고에 숨어들었다.

70평 남짓한 창고 안에는 미처 피난을 가지 못한 사람들이 50여 명이나 자리를 잡고 숨도 제대로 쉬지 못한 채 문을 닫아걸고 숨어 있었다.

현제처럼 피란을 가다 한강다리가 끊이면서 갈 곳을 잃고는 인민군을 피해 숨어 있는 그들의 눈은 너나 할 것 없이 불안하게 떨렸다.

그때 갑자기 터진 아기의 울음소리.

전쟁 직전에 태어난 현제의 막내딸 순호가 잠을 깨 어둠 속에서 고성을 터트린 것이다.

"아기 입 좀 막아요."

"이러다 발각돼 다 죽겠어요."

아기의 울음에 당황한 사람들은 현제의 가족들에게 하소연을 하다 아기의 울음이 잦아들지 않자 결국엔 이성을 잃고 말았다.

"다 죽을 순 없잖아. 애 데리고 좀 나가라고."

창고 밖에서 시시각각 들려오는 총소리와 폭발음으로 인해 공포에 질린 사람들은 그 좁은 공간마저도 현제 가족과 나누기를 두려워했다.

두려움에 떨던 사람들의 부추김이 심해지자 현제의 가족은 자지러지게 우는 순호의 입을 막으며 울면서 창고 밖으로 나와 가까운 목재소로 하염없이 뛰어가기 시작했다.

공중에서 비행기가 지나가며 도자기 같은 물체를 떨어뜨리는 모습이 눈에 띈 것은 바로 그때였다.

"콰콰쾅."

창고 위로 떨어진 도자기 같은 물체는 폭격기가 떨어뜨린 폭탄이었다.

50여 명의 피난민이 숨어있던 창고는 순식간에 산산조각이 나며 불길에 휩싸였다.

너무나 순식간에 벌어진 참혹한 광경에 혼이 나간 현제는 주저앉은 채로 한참을 움직이지 못했다.

엄청난 폭발음에 경기를 일으킨 듯 순호는 울음을 멈추고 얼굴이 창백해지며 빳빳이 고개가 뒤로 넘어갔다.

급히 순호를 주무르고 아이들을 살피던 현제는 순호가 혈색이 돌아오자 그제서야 눈물이 차오르는 것을 느꼈다.

"니가 우리를 살렸구나. 니가…."

목재소 가건물 안에도 이웃 가족 8명이 숨어 있었다.

이북 출신인 그 가족은 현제의 맏딸 인호의 국민학교 단짝인 금란의 가족이었다.

가건물 안에서 두 가족은 이틀을 숨소리도 내지 않고 엎드려 버렸다.

이틀이 지나 총소리가 잦아들기 시작하자 현제는 바깥 상황이 어떤지 궁금해졌다.

현제는 귀한 물건이라며 옷가지 사이에 끼워놓았던 라디오를 꺼내 주파수를 맞추려고 다이얼을 돌렸다.

"치이익" 소리가 잦아들고 이승만 대통령 목소리 같은 남자의 목소리가 조금 크게 들린다고 느끼는 순간 건물 밖에서 "다 쏘아 죽이기 전에 날래 나오라우"라는 고함이 들렸다.

문을 열자 인민군 7~8명이 총을 겨누고 있는 모습이 눈에 들어왔다.

두 가족은 너무 놀라 모두 말을 더듬으며 손을 들고 밖으로 나갔다.

살려달라는 말을 해야 한다는 사실을 머리로는 수없이 되뇌면서도 모두들 극도의 공포로 인해 입이 떨어지지 않았던 것이다.

잠시 후 인민군은 이남 출신은 왼쪽으로, 이북 출신은 오른쪽으로 서라고 떠밀었다.

인호는 왼쪽에 선 자신과 오른쪽에 선 금란이 그 길로 다시는 만나지 못하게 될 줄은 꿈에도 생각하지 못했다.

두 가족이 나뉘어 서자 인민군은 곧바로 오른쪽에 선 금란의 가족을 향해 욕을 하기 시작했다.

"북조선을 버리고 도망친 반동의 가족."

이 말이 신호인 듯 인민군이 난사한 총에 금란의 가족은 비명도 제대로 지르지 못하고 모두 쓰러지고 말았다.

단짝 친구가 눈앞에서 총알 세례를 받고 죽는 모습을 고스란히 지켜봐야 했던 인호는 한동안 말을 제대로 하지 못할 정도로 실어증에 시달렸다.

서울을 접수한 인민군은 이런 잔혹성을 보이면서도 다른 한편으론 서울에 살던 사람을 앞세워 계급 해방 선전선동에 몰두했다.

인민군은 노동자 출신 기술자로서 평생 기름밥을 먹고 살아온 현제가 이용가치가 있다고 여겼는지 여기저기 끌고 다니며 온갖 잡일을 시키기 시작했다.

금란의 가족이 참혹하게 죽는 모습을 목격한 현제는 가족을 살리기 위해서라도 인민군이 시키는 일은 무엇이든 해야 했다.

그렇게 석 달을 보낸 뒤 맥아더 장군이 이끄는 UN연합군의 인천상륙작전이 성공하자 이번엔 조만간 서울이 다시 국군에 의해 탈환될 것이라는 소문이 들려왔다.

현제는 서울이 인민군 치하에서 다시 국군 치하가 된다는 것이 어떤 의미인지를 파악하는 데 목숨을 걸어야 했다.

벌써부터 한강 다리를 건너 피신했던 이들을 '도강파'로 부르고 서울에 남아야 했던 이들을 '잔류파'로 부르는 사람들도 있었다.

도강파가 국군을 따라 서울로 돌아오면 잔류파를 부역자로 여기고 가만 두지 않을 것이라는 얘기들도 심심찮게 나돌았다.

잔류파로서 살아남기 위해 인민군이 시키는 잡일을 해야 했던 현제는 부역자 딱지를 피할 길이 없어 보였다.

"저 사람이 빨갱이들과 함께 다니는 거 봤어요."

이런 말 한마디면 가족의 목숨이 위태로울 수 있겠다는 생각에 현제는 가족과 함께 서울을 벗어나기로 결심했다.

잔류파가 서울을 벗어나기 위한 길은 두 가지 뿐이었다.

인민군을 따라 북으로 함께 피신을 하거나 아예 남으로 방향을 잡아 피란민에 섞여 들어가는 것.

연합군의 인천 상륙 이후에도 서울 진입까지는 시일이 상당히 걸렸다.

그 기간 동안 인민군은 잔류파들을 상대로 함께 이동할

것을 권유하기 시작했다.

전쟁 초반 기세가 등등할 때와는 달리 인민군은 인천 상륙 작전 이후 기세가 꺾이자 더욱 무자비해졌다.

국군의 서울 진입 직전엔 잔류파 중에 이상한 낌새가 보이면 사정없이 즉결 처분을 하는 경우도 많았다.

까딱 잘못하면 목숨을 잃을 수 있는 절체절명의 순간 현제는 자신은 인민군을 따라 움직이고 가족은 처가가 있는 진주로 피신하는 방법을 택하기로 마음먹었다.

국군이 서울에 들어오기 직전 인민군에게 끌려 미아리고개를 넘고 있던 현제와는 달리 현제의 가족은 야밤을 틈타 극적으로 서울을 벗어나는 데 성공했다.

만주에서 서울에 온 뒤 태어난 아들 창호와 막내 순호까지 5남매를 이고 진 현제의 가족은 현제와 다시는 만나지 못할 수도 있다는 생각에 눈물로 날을 넘기며 남으로 무작정 발걸음을 옮겼다.

인민군과 함께 미아리고개를 넘던 현제는 남쪽 하늘에서 비행기가 날아오며 도자기 같은 물체를 떨어뜨리는 것을 보게 됐다.

자동차 정비공장 피폭 때의 그 물체를 똑똑히 기억하고 있는 현제는 직감적으로 피해야 한다는 생각을 하게 됐다.

멀리서 날아오는 비행기가 떨어뜨리는 그 물체는 눈으로 보기에 아주 멀리 떨어진 것처럼 보이지만 비행기의 가속력이 더해져 보이는 것보다 가까운 곳에 떨어지기 때문이다.

현제는 비행기를 피하기보다 오히려 비행기가 날아오는 쪽으로 뛰면서 재빨리 길 옆으로 몸을 숨겼으나 곧 이어진 폭격의 충격으로 정신을 잃었다.

얼마나 시간이 흘렀을까.

현제가 정신을 차렸을 때에는 주위가 분간이 제대로 되지 않을 정도로 칠흑 같은 밤이었다.

아무렇게나 널부러져 있는 시신들 사이에 쓰러져 있던 자신을 제대로 살필 사이도 없이 인민군이 가 버렸다는 사실을 깨달은 현제는 폭격에도 살아남았다는 기쁨에 눈물을 흘렸다.

자신을 살려준 초월적 존재가 존재한다면 거기에 깊은 감사를 하며 머리를 조아리고 싶은 심정이었다.

몸 여기저기를 더듬어 큰 중상을 입은 곳이 없다는 것을 확인한 현제는 허겁지겁 오던 길을 되돌아 남쪽으로 발길을 되짚어갔다.

가족이 무사히 진주에 갔으리라는 아무런 보장도 없는

상태로 하루에도 수없이 가족이 무사히 진주에 갔으리라고 다짐을 하는 듯 간절히 기원하며 버티길 한 달여.

극도로 쇠약해진 몸으로나마 무사히 진주 처가에 도착한 현제는 먼저 그곳에 도착해 있는 가족을 보고는 긴장이 풀어졌는지 그만 쓰러지고 말았다.

몸을 추스르고 나자 현제는 언제까지 처가살이를 하고 있을 수만은 없다는 생각에 가족들과 함께 부산으로 향했다.

전국에서 피난민들이 모여든 부산은 과거를 묻지 않는 도시였다.

구태여 묻지 않는다기보다 전쟁 통에 사회적 시스템이 붕괴되다시피 함으로써 과거를 물을 수 있는 상황이 아니었다고 하는 것이 더 정확할 것이다.

현제는 서울에서의 끔찍한 기억을 지우고 부산에서 새로운 삶을 시작하리라 마음먹었다.

국군의 서울 수복과 함께 빨리 끝날 듯했던 전쟁은 중공군의 개입으로 이후 2년을 더 끌고서야 끝이 났다.

전쟁 통에 웃을 일이 거의 없던 현제에겐 국민학교에 갓 입학한 셋째 화자가 산수를 곧잘 하면서 공부에 뛰어난 소질을 보인다는 것이 거의 유일한 낙이었다.

전쟁이 끝나자 현제는 그 사이 딸 두호가 태어나면서 6남매로 늘어난 가족 부양을 위해 급한 대로 버스 운전을 시작했다.

자동차 정비 기술이 있는 데다 운전까지 가능했던 현제에게 취직은 비교적 쉬운 편이었으나 현제의 월급만으로는 대가족이 먹고 살기에는 턱없이 부족했다.

첫째 인호부터 둘째 문호까지 대학 진학은 엄두를 내지 못한 채 학업보다 돈벌이에 일찌감치 나서야 했다.

특히 맏딸이라는 인생의 무게를 일찌감치 느낀 인호는 전쟁이 끝나자 중학생 신분으로 부산의 최대 기업인 조선 방직 앞에서 기웃거리기 시작했다.

20일이 넘도록 어린 여학생이 기웃거리는 모습을 본 강일만 사장(이승만 대통령이 일제강점기 수감생활을 할 때 돌봐준 지인의 아들로서 조선방직의 낙하산 사장이 된 인물)이 인호를 사무실로 데리고 갔다.

"왜 회사 앞에서 매일같이 기웃거리고 있노."

"뭐, 일할 꺼리가 없겠습니꺼. 뭐든지 할 수 있는데예."

"어린 게 뭘 할 수 있노. 글은 제대로 읽을 줄 아나."

"한글도 알고예. 한자도 압니더. 아버지한테 천자문, 명심보감 배웠거든예."

강 사장은 인호의 얘기를 듣고 인호에게 조선방직의 출석부를 맡겨보기로 했다.

현제에게 일찌감치 한자를 배운 인호는 강 사장이 생각했던 이상으로 맡겨진 일을 척척 해냈다.

인호는 강 사장의 추천으로 방적기의 실이 끊어지면 잽싸게 실을 잇는 일을 하는 여공을 시작으로 조선방직에서 본격적으로 일을 하게 됐다.

인호는 타고난 부지런함을 바탕으로 학업보다 조선방직에서의 역할에 더 충실했다.

몇 년 지나지 않아 인호는 여공들의 맏언니라고 할 수 있는 부녀회장을 맡을 정도로 조선방직의 핵심인력으로 자리 잡았다.

셋째 화자도 언니 오빠를 따라 고교 졸업 후 돈을 벌기로 마음먹었지만 동래여고 졸업 당시 성적이 손에 꼽을 정도로 우수하자 학교 선생님들이 너나 할 것 없이 교육대학을 한 번 가보는 게 어떻겠느냐고 권유하고 나섰다.

당시 교대는 2년제였기에 진학 후 2년만에 교사가 될 수 있었지만 현제의 살림살이로는 그 2년을 뒷받침하기마저도 쉽지가 않았다.

"아버지, 저 선생님 되고 싶습니다. 교대 갈랍니더. 보내

주이소, 제발."

"그냥 졸업해서 취직하면 안 되겠나. 주산도 잘 하니까 어디 가서 경리로 취직하면 돈도 많이 벌 수 있다 안 하나."

졸업 후 취업을 하리라 마음먹고 열심히 배운 주산이 1단에 이르러 암산으로도 척척 계산하는 실력이 되자 주위에선 인문계 나와서 그 주산 실력이면 좋은 데 취직할 수 있다고들 입을 모았었다.

2학년 때까지 그 같은 생각에 추호도 의심을 해 본 적이 없는 화자였지만 졸업반이 되고 선생님들로부터 교대 가서 더 공부하지 않겠느냐는 권유를 받자 마음이 흔들린 것이다.

화자가 교대 입학 원서 제출 마감을 앞두고 사흘간 방에 들어가 이불을 뒤집어쓰고 울면서 하소연했지만 가족 그 누구도 화자의 손을 선뜻 잡아주지 못 했다.

결국 교대 원서 마감일을 넘기고서야 눈물을 닦고 방을 나선 화자는 그 길로 조선방직에서 부녀회장으로 자리를 잡은 언니 인호를 찾아갔다.

일제 강점기인 1917년 부산에 세워진 조선방직은 당시 일본의 대표적인 재벌 미쓰이가 세운 국내 최대 기업이었다.

실을 감는 프레임만 1만5000개가 넘었을 정도로 대규모 기계 면 방적을 국내에서 처음 시작한 조선방직은 설립 8년이 지나선 프레임 수만 4만개에 이를 정도로 규모를 키웠다.

1920년대에 이미 공장 안에 건물만 54개동에 종업원은 3000명을 넘긴 조선방직은 한국 면사, 면포 시장의 4분의 1을 장악했다.

1930년대 세계 대공황 속에서도 조선방직은 매년 평균 25%에 육박하는 당기 수익률을 기록할 정도로 번성했다.

그 번성 이면에는 한국인 노동자의 살인적인 장시간 노동과 저임금이 자리를 잡고 있었다.

광복 이후 조선방직은 귀속재산으로 처리돼 조방관리위원회가 발족되고 부산양조 대표 하원준이 초대사장으로 선임되면서 민족기업으로 변신을 시도한다.

6.25전쟁 통에는 군납을 독점하면서 비약적인 성장세를 보이기도 한 조선방직은 1951년 이승만 대통령 지인의 아들인 강일만이 관리인 명목으로 낙하산 사장이 된 이후 내리막길을 걸었다.

군납대금 입금 지연에다 노사 갈등까지 극심해지면서 부실 경영의 민낯을 고스란히 드러낸 조선방직은 엄청난 빚더미만 남기고 결국 1950년대 말 당시 재계 2위 기업이었던 삼호방직에 인수됐다.

화자가 조선방직 부녀회장인 언니 인호를 찾아갔을 때는 조선방직이 삼호방직에 인수된 뒤 방직회사로서 마지막 불꽃을 피우고 있을 때였다.

인호는 꿈에 그리던 교대 입학을 포기하고 선생님의 꿈을 접은 화자를 곧바로 취업시키는 것이 마음에 걸렸지만 일에 몰두하다 보면 마음의 앙금을 씻어낼 수 있을 거라 생각했다.

인호는 자기처럼 어릴 때부터 한자를 배워 한자 실력도 갖춘 데다 주산 실력까지 뛰어난 화자가 경리 업무를 맡기에 충분하다고 강력히 어필했다.

부녀회장으로서 사내에 영향력이 있던 인호의 추천을 받은 조선방직 측은 화자에게 임시직 경리 업무를 맡겼다.

대학 진학을 포기한 화자는 조선방직 근무에 마치 생을 건 사람처럼 일에 매달렸다.

컴퓨터라는 개념조차 없던 시절, 틀리거나 아귀를 맞추기가 쉽지 않아 애를 먹기 일쑤였던 월급 계산이나 각종 회계 장부 정리도 주산 암산에 능통한 화자가 손을 대면 금세 끝이 나곤 했다.

언니 인호가 방적기가 가득한 작업장에서 먼지밥을 먹으며 손에 굳은살이 배기도록 현장을 지킨 것과는 달리 화자는 사무직으로 자리를 잡아갔다.

실력을 인정받은 화자는 1년이 지나자 3000명이 넘는 조선방직 직원 월급 계산을 혼자서 다 한다는 소문을 들으며 정규 사원이 됐다.

화자까지 직장을 다니게 되면서 현제의 가계에도 숨통이 트이기 시작했다.

처음 조선방직을 다닐 때만 해도 먹을 게 부족해 퇴근할 때면 회사 식당에서 남은 누룽지를 얻어 집으로 싸들고 올 정도였으나 1년이 지나 정규 사원이 되면서부터는 퇴근할 때 간식거리를 사 갈 수 있음에 화자는 늘 기꺼워하곤 했다.

그렇게 2~3년이 지나고부터 화자는 고교를 갓 졸업한 취업생에서 어엿한 커리어우먼으로 거듭나며 친구들 사이에 부러움의 대상으로 떠올랐다.

가수 윤복희가 파격적인 의상으로 사회에 충격을 던진 뒤 젊은 여성들에게 전염처럼 유행하던 미니스커트를 입고 각선미를 뽐내며 한껏 젊음을 발산하기도 했다.

20대 초반의 화자에게 조선방직은 인생에서 '풍요'로 기억되는 몇 안 되는 존재라 해도 과언이 아니었다.

 부산을 대표하는 기업으로 영원할 것 같던 조선방직은 그러나 삼호방직이 인수하고도 끝내 옛 영광을 재현하지 못하고 말았다.

 10년이 넘도록 누적된 부실을 회복하지 못하고 애물이 된 조선방직은 화자가 입사한 지 5년이 지났을 무렵 엄청난 부채로 인해 존립이 위태로워지면서 부산시로 소유권이 넘어갔다.

 부산시는 조선방직을 인수한 뒤 더 이상 운영하는 것은 무의미하다고 판단하고는 인수를 하자마자 법인 청산 작업에 들어갔다.

 청산이 시작됨과 동시에 조선방직의 자리에는 부산시청과 시외버스터미널을 짓는다는 부산시의 발표가 곧장 뒤를 이었다.

 부산시의 발표가 있은 지 불과 한 달.

 시는 일사천리로 조선방직 사무동 앞에서 새 시청과 버스터미널을 짓는다는 의미의 기공식을 열었던 것이다.

 사무동 건물 안에서 이틀 전 정리한 지난달 월급 전표를 캐비넷에 넣다 기공식 장면을 쳐다보던 화자는 막막함에 눈앞이 흐려져 왔다.

"내보낼 직원들이 보는 앞에서 회사 문 닫는다는 행사를 저렇게 성대하게 하다니…."

화자에게 20대의 전부이자 풍요의 상징인 조선방직을 그만둬야 한다는 것은 자신이 가계의 한 축을 담당하는 존재에서 가계를 축내는 군식구로 전락한다는 것을 의미했다.

갑자기 몇 년 전 결혼하면서 회사를 그만둔 언니 인호가 새삼 부럽다는 생각이 든 화자는 자신도 더 이상 결혼을 미룰 수 없다고 다짐했다.

아니, 미룰 수 없는 게 아니라 가계를 축내는 군식구가 되지 않도록 결혼을 서둘러야 한다고 자신을 채찍질했다.

시각

'단정한 사람이다. 이런 나에게 과분한 사람이 아닌가.'

초점을 잡으려 하면 할수록 더욱 빨리 흐려지는 시야 너머로도 마주 앉은 여인의 자태가 다소곳하다는 사실을 눈치챈 성우는 여인이 내놓은 차를 허겁지겁 들이켰다.

눈의 초점을 잡는 데 어려움을 겪게 된 이후로 다른 감각이 예민해진 성우는 목으로 넘어가는 차가 무척 뜨겁다는 사실을 더욱 날카롭게 느끼고 기침을 해댔다.

살짝 비틀어 앉으며 미니스커트 자락 매무시를 손으로 고치던 화자가 방긋 웃는 모습을 실루엣으로나마 느낀 성우는 무안한 마음에 얼굴이 화끈거렸다.

하지만 그 웃음으로 인해 어색하기 그지없던 분위기의 한쪽 귀퉁이가 무너지고 있는 게 확실하다는 생각에 성우는 기쁨이 모락모락 피어오르는 느낌이 들었다.

"조선공사에서 일하신다 들었어요. 무슨 일을 하시죠?"

"크레인 운전 합니다. 큰 배 만들려면 무거운 거 옮겨야 하는데 크레인이 제일 중요하지요…."

통성명에 이어 상대를 알기 위한 질문들이 이어지고 있는 동안 옆 방에선 화자의 가족들이 잔뜩 호기심 어린 표정으로 방문 넘어 들려오는 소리에 귀를 곤두세우고 있었다.

성우를 처음 보게 된 장소가 자신의 집이 될 줄은 생각지도 못한 화자는 어색한 마음에 가슴을 졸였지만 생각보다 일찍 말문이 트이자 마음이 점점 편안해졌다.

화자는 오늘 만나는 상대가 혼담이 오갈지도 모르는 사람이라는 생각에 대화를 나눌 때마다 시선을 마주 앉은 남자의 얼굴에 고정시키고 있었다.

'배 만드는 데서 일한다고 했는데 얼굴이 안 검네. 무술도 했다는 사람의 얼굴이 왜 저리 피부도 하얗고 매끈할까….'

화자가 자기를 빤히 쳐다보고 있다는 사실도 눈치채지 못하고 성우는 어떻게든 자연스럽게 이야기를 이끌어갈 주제를 찾느라 진땀을 흘리고 있었다.

성우는 스스로 찾아낸 인연은 아니라 해도 이처럼 고운 자태의 상대를 만났다는 사실에 설레면서 인연의 끈을 이어갈 수 있을 법한 이야깃거리를 찾는 데 더 애를 먹고 있었다.

조선공사에서 천정크레인 수리 도중 추락 사고가 있은 지 한 달여 만에야 성우는 겨우 의식을 회복했다.

침대 옆에 극상이 앉아 있는 모습을 보고도 성우는 왜 자신이 거기에 누워 있는지를 알지 못했다.

"성우야, 아이고, 임마야…. 정신이 드나. 내 누군지 알겠나"

"아버지, 여기가 어딥니까."

"정신이 드는 갑네. 몸은? 몸은 좀 괜찮나?"

"은우 다리 수술을 잘 됐다던가요?"

성우는 엉뚱하게도 군 복무 시절 휴가를 나와 뒤치다꺼리를 해야 했던 10살 터울 동생의 골수염 수술 얘기를 끄집어냈다.

며칠 동안 성우는 마치 기억상실증이라도 걸린 듯 극상에게 군 시절이나 어린 시절 얘기를 하며 자신이 왜 병원에 입원했는지도 모르는 것처럼 행동했다.

성우는 의식을 잃고 있는 동안 튜브를 통해 유동식만 섭취했기에 자신이 피골이 상접하도록 살이 빠진 사실도 모르는 채 극상이 수척해진 걸 이상하게 생각하기도 했다.

일시적인 퇴행성 기억상실 증세를 보일 수 있다는 의료진의 설명에 극상은 성우의 기억을 되돌리려 무진 애를 썼다.

기억상실 증세만 성우를 괴롭힌 게 아니었다.

성우는 추락할 때 낙법을 구사하려다 오른쪽 골반뼈가 틀어지며 복합 골절을 당해 오른쪽 하반신을 제대로 쓰지 못했다.

극상의 노력으로 조금씩 기억을 회복한 성우는 자신이 무술 유단자라는 사실을 기억해 내고는 스스로 골반뼈의 위치를 잡고 주위 근육에 힘이 들어가도록 몸을 움직이기 시작했다.

병원에서는 물리치료 외에 무리한 움직임을 삼가라는 주의를 끊임없이 줬지만 성우는 자기 몸은 자기가 가장 잘 안다며 의료진이 없는 틈을 타 골반과 다리를 큰 동작을 할 수 있을 때까지 쉬지 않고 움직였다.

주변 환자와 보호자들은 이상한 동작을 끊임없이 하고 있는 성우를 보면서 "어디서 서커스라도 하다 온 모양"이라고들 수군댔다.

오른쪽 다리가 없다고 느껴질 만큼 힘이 제대로 들어가지 않던 몸은 성우의 피나는 노력으로 입원 5개월이 지났을 무렵이 되자 거의 일상 활동에 지장이 없을 수준까지 회복했다.

뇌 안에 고인 피를 제거하고 부러진 골반 뼈를 맞추는 것까지는 병원의 몫이었으나 기억을 회복하고 오른쪽 다리와 골반의 기능을 되찾은 것은 오롯이 극상과 성우의 몫이었다 해도 과언이 아니었다.

병원에 실려올 당시의 성우를 기억하는 의료진들 중에선 그런 성우를 보고 기적이라고 얘기하는 사람도 있었다.

눈의 초점을 30초 이상 맞추기 어려운 후유증세가 남았지만 의사는 그 정도는 충분히 쉬면서 통원치료를 해도 되겠다며 3개월 요양이 가능한 진단서를 써 줄 테니 퇴원을 해도 좋다는 진단을 내렸다.

영원히 계속될 것만 같던 병원 신세가 끝나는 날이 다가왔으나 성우는 마냥 기뻐할 수가 없었다.

산업재해가 인정돼 병원비는 그럭저럭 충당할 수 있었지만 성우가 입원한 지 6개월이 되도록 별다른 벌이가 없었던 집안 살림은 키우던 돼지를 모두 팔아치웠을 만큼 다시 빈털터리가 돼 있었다.

럭키에서 받는 일당이 115원에 불과하다며 한 푼이라도 더 벌어보겠다고 조선공사로 일자리를 옮긴 성우는 다시 무일푼으로 새로운 출발선에 서야만 했다.

일상 생활을 할 수 있을 정도로 회복했다곤 하지만 뇌수술까지 한 몸으로는 태권도 도장을 열겠다는 꿈도 접어야 했다.

학창시절 남들보다 작은 체구에도 불구하고 몇 배나 땀을 흘리며 몸에 오롯이 새겨 넣었던 공수도와 유도의 유산도 무일푼이 돼 버린 것이다.

몸이 아플 땐 살아남기 위해 잊었던, 혹은 잊으려 했던 생활의 고단함은 몸이 회복되자마자 너무나 생생하게 몸을 꽉 조여왔다.

"니가 아직 직장에 다니니까 괜찮다. 돈이야 새로 벌면 안 되나. 이렇게 멀쩡하게 퇴원하게 된 것만 해도 하늘이 도운 기다."

극상이 성우를 위로하며 퇴원 길에 이렇게 얘길 했지만 회사로 돌아가자마자 성우를 먼저 기다린 것은 성우의 생환을 반기는 동료보다 자신을 뜯어먹으려는 비루한 현실이었다.

회사에 출근해 안전과에 진단서를 제출하고 3개월 요양을 신청하면서 여기저기 구멍이 난 집안 살림에 보태려고 월급 가불을 요청하자 안전과 직원들은 절반 가까운 돈을 떼고 5000여원만 성우 앞에 내밀었다.

왜 월급이 반토막이 났느냐고 묻는 성우에게 안전과 직원들은 세상 물정 모른다는 표정을 지으며 "수고비가 좀 있어야 하는 거 아니냐"고 되받았다.

이튿날 성우가 회사에 정식으로 항의를 하자 안전과 직원들은 성우를 찾아와 급한 대로 주머니를 털어 돈을 돌려

준 뒤 "두고 보자"며 뒤돌아섰다.

그런 일이 있은 뒤 안전과 직원들은 "걸어다닐 수 있을 정도로 멀쩡한 자가 3개월 요양이 웬 말이냐"며 험담을 퍼트리기 시작했고, 성우는 결국 1개월만 요양기간이 인정되는 불이익을 겪어야 했다.

분을 삭이지 못하고 노동청 근로감독관을 찾아가겠다며 펄펄 뛰는 성우를 달래기 위해 먼 촌수의 외숙이 들이민 카드가 맞선이었다.

성우도 서른이 되기 전에 장가를 가야 하고 큰 일을 겪은 성우가 계속 회사를 다니기 위해선 옆에서 돌봐주는 사람도 있어야 한다는 게 외숙의 논리였다.

외숙은 자신이 일하는 버스회사의 동료인 현제의 딸이 성우와 1살 터울로 혼기가 꽉 찼다며 막무가내로 성우를 현제의 집 앞까지 끌고 갔다.

아직도 눈의 초점을 장시간 맞추기 어려워하던 성우는 당황스러웠으나 일단 집까지 왔으니 만나보기나 하자는 마음으로 현제의 집 문을 두드리게 됐다.

그 즈음 화자는 조선방직이 문을 닫은 뒤로 결혼을 해야 한다는 마음에 조바심을 내고 있었다.

여성의 나이가 20대 중반을 넘기는 순간 노처녀 소리를 듣기 시작하던 시대에 직장을 잃은 20대 후반의 여성이 주변 사람들의 입길에 오르내리지 않으려면 결혼을 서두르는 수밖에 없었다.

게다가 스무살을 갓 넘긴 동네 청년 기승이 동갑내기인 화자의 동생 순호를 짝사랑하다 용기를 내 결혼하겠다며 하루가 멀다 하고 집을 찾아오는 통이라 마음은 더욱 급했다.

"지금은 제가 가진 거 없지만 여기 적힌 거 앞으로 우리 순호한테 다 해줄 겁니다."

어느 날 기승은 혼수 목록에나 나올 법한 물목을 빼곡하게 적어 넣은 종이를 마루에 펼쳐놓고 현제네 식구들 앞에서 이렇게 소리쳤다.

당돌하기 그지없는 행동이었지만 오히려 이 행동을 남자답다고 느낀 순호는 기승과 결혼을 서두르겠다고 가족들을 조르고 나섰다.

순호의 결혼이 기정사실화하면서 화자는 자신이 먼저 결혼하지 않으면 동생의 혼사길을 막는 언니라 원망을 들을까 걱정이 되기 시작했다.

이미 순호 밑으로도 두호, 을호, 경호가 태어나 8남매 대가족이 된 현제네 식구들 사이에서도 말은 하지 않았지만 한 명이라도 결혼해 분가해야 쪼들리는 살림에 입을 덜 수 있다는 분위기가 역력했다.

성우는 화자가 결혼을 서두르리라 마음먹은 뒤 여기저기서 들어온 맞선 상대 중 한 명이었다.

아버지 현제의 직장동료가 자신의 생질을 소개하겠다며 다짜고짜 집 앞까지 찾아와 갑작스레 집에서 이뤄졌다는 점이 다른 맞선과 다르다면 달랐다.

화자는 성우가 반년의 병원 생활로 인해 창백하다시피 하얘진 얼굴로 나타났다는 사실을 모른 채 조선공사에서 근무한다는 성우의 얼굴이 너무나 하얗다는 점에 호감을 느꼈다.

성우가 제대로 맞지 않는 초점을 맞추기 위해 애쓰며 자신을 쳐다보는 눈길도 서구적으로 오똑한 콧날이나 깊은 쌍꺼풀과 어우러져 오히려 매력적으로 보였다.

젖먹이 시절 배를 심하게 곯았던 성우는 씨름판에서 적수가 없을 정도로 서구적인 체형과 외모를 자랑했던 부친 극상으로부터 체형은 물려받지 못했으나 콧날과 쌍꺼풀 같은 외모를 고스란히 물려받았다.

성우뿐만 아니라 동생 은우도 코가 날이 설 정도로 오똑

해 성우가 살던 영도 청학동 일대에선 '코쟁이 가족'이라는 놀림을 받곤 했다.

놀림의 대상이던 성우의 그 외모가 화자에겐 오히려 호감의 대상이 된 것은 아이러니한 일이었다.

첫 만남에서 호감을 느낀 성우와 화자는 며칠 후 태종대에서 첫 데이트를 가졌다.

치고 던지는 거친 운동을 하는 데에는 누구보다 자신이 있었지만 여성과 시간을 보내는 데에는 쑥맥이던 성우는 속마음을 드러내지 못하고 무뚝뚝하게 시간을 보냈다.

그런 성우의 모습조차 남자답다고 생각한 화자는 태종대 데이트를 끝내고 집으로 오는 길에 마침내 성우의 손을 잡았다.

진창 길에서 하이힐이 빠지는 바람에 어쩔 줄 몰라하던 화자에게 성우가 불쑥 손을 내밀었고 화자가 부끄럽게 손을 내밀자 성우가 손을 잡더니 갑자기 화자를 번쩍 들고 진창 길을 성큼성큼 건너간 것이었다.

화자를 만나기 전의 성우였다면 상상조차 할 수 없었을 그 일을 계기로 성우는 화자를 반려로 생을 보냈으면 좋겠다는 꿈을 꾸기 시작했다.

그런 꿈을 꾸면 꿀수록 성우는 마음 한 구석으로는 화자에게 아직 말하지 못한 사실 때문에 죄의식에 시달려야 했다.

오랜 병원 생활로 인해 하얘진 자신의 얼굴을 보면서 화자가 현장 일 하면서도 얼굴이 어떻게 하얗느냐며 신기해할 때마다 죄의식의 그늘은 더욱 커져만 갔다.

이후 몇 차례 만남을 더 가지면서 화자도 성우와 인생을 함께하자고 마음을 먹은 듯한 느낌이 들자 성우는 더 이상 미룰 수 없다고 생각하고 어느 날 청천벽력 같은 고백을 했다.

자신이 추락사고로 수술을 받았으며 오랫동안 병원 신세를 졌다는 사실을 미리 밝혔어야 하는데 말할 기회를 놓치고 말았다는 고백이었다.

그 즈음 성우는 눈의 초점을 잡을 수 있는 시간이 꽤 늘어나 일상생활에 큰 무리가 없을 정도로 회복됐지만 고백을 하면서는 죄스러운 마음에 화자를 똑바로 쳐다보지 못했다.

성우의 고백 사실이 알려지자 현제의 집안은 발칵 뒤집어졌다.

현제는 "수술 중에 제일 무서운 수술이 뇌수술이라는데 그런 수술을 한 사람한테 우리 딸을 줄 수 없다"며 더 이상 성우를 만나지 말라고 말렸다.

하지만 화자는 "이미 이 사람한테 마음을 줬다"면서 결혼을 하겠다고 물러서지 않았다.

혼수 물목만 적힌 종이를 내밀며 소꿉장난 같지만 로맨틱하기 그지없는 결혼을 차곡차곡 현실로 만들고 있는 동생 순호와 예비 제부 기승을 보면서 자신도 사람만 괜찮다면 이겨낼 수 있으리라 생각했는지도 몰랐다.

가족들이 더 이상 만나지 말라며 기를 쓰고 반대하는데도 불구하고 어느 주말 화자는 가족들 몰래 성우와 함께 경주 불국사로 주말여행을 떠났다.

불국사에서 자신들의 미래를 빌며 영원히 함께하기로 맹세한 두 사람은 석굴암을 오르다 처음으로 터질 듯 뛰는 서로의 심장이 옷을 사이에 두고도 가까이 마주보며 동조하게 됐다.

'이 향기를, 이 촉감을, 이 소리를 영원히 기억해야 한다.'

성우는 수술 후 아직 완전히 회복되지 않은 시각을 대신해 상대적으로 예민해진 다른 감각을 끌어올릴 수 있는 한까지 끌어올리며 품 안으로 들어오는 화자의 느낌을 각인시키려 애썼다.

비록 수술을 받은 뇌일지라도 이 모든 느낌을 장기기억 깊숙이 영원히 잃지 않을 수 있는 영역에 고스란히 담아 놓을 수 있기를 바라면서….

분신

성우가 동료 상만과 함께 노조 사무실을 지키기 시작한 지도 사흘째로 접어들었다.

교대로 눈을 붙이며 조용한 사무실을 지키는 일이 약간은 따분하다고 느껴질 즈음 점심을 먹을 때가 되기 직전에 갑자기 밖에서 고함소리가 들리기 시작했다.

건물 2층에 위치한 노조 사무실 문 앞까지 쇄도한 그 목소리의 주인공은 노조 상임부위원장 노두식이었다.

"문 열어. 나 노두식이야."

"왜 그러시는데요. 여기 지키고 있어야 합니다."

"교대로 지키면 안 되나. 이제 우리가 지킬 테니까 느거들은 가도 돼."

이상한 느낌을 받으면서도 성우가 문을 열어주자 두식이 다짜고짜 성우를 밀고 뛰어 들어왔다.

두식 뒤로 덩치 10여명이 함께 밀고 들어오는 모습을 본 성우는 두식의 덜미를 붙잡았다.

"와 이라요?"

"이 새끼가 비키라니까. 이거 안 놓나."

멱살 드잡이가 시작되자 유도인의 본능이 발동한 성우는 자신도 모르게 두식의 아래쪽으로 파고 들며 엉치뼈 위에 두식의 몸을 얹었다.

그대로 두식의 멱살을 어깨 앞쪽으로 당기며 업어치려고 반동을 주려는 순간, 사고를 당할 때 다친 오른쪽 골반으로 통증이 엄습해 왔다.

일상생활에 무리가 없을 정도로 몸이 회복됐다고는 하지만 사고를 겪은 뒤 운동을 제대로 하지 못한 몸에 체중을 얹어 던진다는 것은 무리였다.

아픔을 못 이겨 엉거주춤한 자세로 주저앉은 성우 위로 두식이 소리쳤다.

"노조위원장 도장을 찾아. 그거만 찾으면 돼."

덩치 5~6명이 성우와 상만을 누르고 나머지 덩치들은 사무실 곳곳을 뒤집어 엎으며 수색을 시작했다.

5분도 지나지 않아 목적을 달성한 듯 덩치들과 두식은 썰물처럼 사무실을 빠져나갔다.

성우와 화자의 결혼은 화자 집안의 반대를 극복하고 서로 안 주고 안 받는 조촐한 결혼식으로 마무리지어졌다.

1969년 7월 2일.

장마가 끝나고 본격적으로 여름이 무르익어 가는 계절에 길일을 잡아 두 사람은 완전히 부부가 됐다.

성우의 몸도 크레인 조종을 무리없이 할 수 있을 정도로 회복돼 회사에 복귀했다.

몇 달을 괴롭히던 성우의 시각 초점 문제도 사랑하는 사람을 봐야겠다는 의지가 더해져서인지 회사가 인정한 요양기간이 끝날 무렵엔 하루 종일 화자를 또렷이 쳐다볼 수 있게끔 호전됐다.

처가와 시댁의 사정을 서로 잘 알기에 안 주고 안 받기로 하고 중구 남포동의 청탑 예식장에서 결혼식을 한 뒤 두 사람은 화자의 외가가 있는 진주로 신혼여행을 갔다.

신혼여행을 마치고 돌아온 두 사람 앞에는 꿈같은 미래만 펼쳐져 있을 것만 같았으나 현실은 두 사람의 힘만으로 만들어가는 것이 아니라는 사실을 절실히 깨닫는 일이 곧 벌어졌다.

성우보다 10살 아래 동생인 은우는 어린 시절 공수도와 유도를 배우러 다니는 성우의 어깨 너머로 공수도와 유도를 곧잘 익혔다.

특히 유도에 큰 소질을 보인 은우는 오른손잡이이면서도 왼손 유도 기술을 주로 구사해 오른손잡이 위주로 훈련을 받은 상대가 뻔히 기술이 들어오는 것을 알면서도 막지 못할 정도였다.

성우가 군을 제대할 무렵에는 어린 나이에도 불구하고

한 번씩 성우도 메치는 수준으로까지 성장했다.

이런 은우가 유도를 체계적으로 배워 유단자가 됐으면 좋으련만 은우는 도장에서 제대로 훈련을 하길 싫어했다.

이 때문에 은우는 검은띠를 달고도 남을 실력에도 항상 흰띠 신세를 면하지 못했기에 건국고를 다닐 무렵에는 학교 대표로 유도대회에 출전해서도 후보로 앉아 있다 돌아오곤 했다.

결원이 생겨 단체전에 나가서는 흰띠로 출전을 해 검은띠를 맨 상대를 메다꽂아 상대 학교 코치들을 경악케 하는 일도 곧잘 벌어졌다.

유도인의 길을 걷는 대신 은우는 영도 일대를 친구들과 쏘다니며 왈패들이 시비를 걸어올 때마다 상대를 길바닥에 메다꽂는 데 더 흥미를 느끼는 듯했다.

이런 은우였기에 성우는 항상 은우가 언제 사고를 칠지 몰라 걱정을 했다.

부친 극상이 성우가 나쁜 길로 빠지지나 않을지 걱정을 했듯이 성우도 10살 어린 동생이 나쁜 길로 빠지지나 않을지 늘 조마조마해 했다.

성우가 신혼여행을 마치고 돌아오자마자 은우는 새로 집안에 들어온 형수에게 신고식이라도 하듯 사고를 저지르고 말았다.

극상의 이웃 팔곤의 아들과 시비가 붙은 끝에 팔곤의 아들 친구 2명까지 합세한 3대 1의 싸움에서 은우가 상대 3명에게 모두 중상을 입힌 것이었다.

팔곤의 아들과 그 친구들도 영도에선 주먹깨나 쓴다고 알려져 있었으나 은우는 그런 3명을 상대로도 펄펄 날아다녔다.

업어치고 조르고 꺾는 유도 기술 뿐 아니라 성우의 어깨 너머로 배운 공수도로 치고 받고 차는 기술까지 남달랐던 은우로 인해 상대들은 힘도 제대로 써보지 못하고 중상을 입은 채 길바닥을 나뒹굴었다.

10대들의 싸움이라 선처가 될 줄 알았던 그 일은 팔곤이 큰 배상액을 요구하면서 어른들의 감정 싸움으로 번지고 말았고 결국 합의가 이뤄지지 않아 은우는 유치장에 갇힌 신세가 됐다.

은우는 유치장 안에서도 예의 그 유도실력을 유감없이 펼치고 있었다.

유치장에 먼저 들어온 폭력배가 신고식을 시키자 은우가 거부했고 패거리들이 덤비는 것을 은우가 모두 메다꽂아 버렸던 것이다.

성우는 어린 동생이 걱정이 돼 심각한 표정으로 유치장을 찾을 때마다 너무나 해맑게 유치장에서 대접 잘 받고 있다며 웃는 은우를 보고는 웃지도 울지도 못하는 복잡한 심정이 됐다.

"상대가 3명이지만 어찌 됐든 은우가 많이 때렸기 때문에 안 물어주면 구속된다 칸다. 은우를 감옥에 보낼 수는 없다 아이가."

팔곤네와 어떻게든 합의를 해서 은우를 끄집어내자는 극상의 말에 성우는 화자와 의논한 뒤 급한대로 빚을 내 돈을 마련해 보기로 했다.

변호사를 선임해 공탁금 10만원을 걸고 팔곤네가 요구하는 배상금 30만원까지 주고 나니 신혼 시작과 함께 빚만 40만원으로 불어났다.

하루 4시간씩 잔업을 하고 토요일 일요일도 없이 꼬박 근무를 해도 1만5천원이 조금 안 되는 월급을 생각하면 3년을 한 푼도 쓰지 않고 모아야 할 만큼 큰 돈이었다.

큰 빚을 낸 보람이 있었던지 팔곤네의 선처 요청으로 은우는 곧 풀려났고 10대끼리의 싸움이 지나치게 커졌다고 본 검사가 은우의 뺨을 세게 때리면서 "똑바로 살아라"고 훈계하는 선에서 일이 마무리됐다.

성우는 폭력 전과자가 될 뻔한 은우가 검사의 선처로 새 삶을 찾을 수 있게 된 것을 보고는 한 사람의 별것 아닌 배려가 사람의 생을 바꿀 수 있다는 걸 알게 됐다며 평생을 고마워했다.

동생의 일로 가슴을 쓸어내린 성우와는 달리 화자는 결혼생활을 시작하자마자 큰 빚부터 떠안고 보니 막막한 느낌에 신혼은 깨소금 맛이라고들 하는 지인들의 말을 듣기가 민망할 지경이었다.

빚은 또다른 빚으로 계속 돌려막을 수밖에 없었기에 월급은 매달 받는 즉시 빚쟁이 손으로 가기 일쑤였다.

큰 빚을 지고 있다는 소문이 나자 동네 쌀가게에서조차 쌀을 꾸어주기를 망설일 정도여서 화자는 성우만 보고 이 결혼생활을 계속 할 수 있을지를 놓고 매일 고민하며 한숨을 쉬었다.

그렇게 하루하루 빚에 허덕이며 힘든 생활을 이어가던 화자에게 한 줄기 빛이 내려왔다.

몸 안에 성우와 자신의 분신이 자리를 잡은 것이다.

성우의 아내에서 분신의 엄마로 거듭나는 그 순간 화자는 결혼생활을 어떻게 할 것인지에 대한 고민을 접고 영원히 엄마로 살기로 마음을 먹었다.

이 무렵 성우의 직장인 조선공사의 상황이 심각하게 돌아가기 시작했다.

조선공사 노조가 회사와 수차례 임금 협상을 벌이다 결렬되면서 파업에 돌입한 것이었다.

파업은 격렬했다.

회사가 무노동 무임금 원칙을 주장하며 임금을 지급하지 않자 노조는 그동안 노조회비로 구입한 밀가루를 노조원들에게 배급하며 버티고 있었다.

빚더미에 올라 앉아 월급만 쳐다보고 있는 성우로서는 애가 탈 노릇이었지만 단식투쟁까지 나선 노조간부들을 생각하면 함께 버티는 수밖에 없었다.

사장실을 점거하며 회사 측과 맞선 노조는 운동을 한 성우에게 노조 사무실을 지켜달라고 요청했다.

"회사가 아무래도 심상찮다. 국가 기간산업 운운하면서 중앙정보부 애들까지 개입한 거 같은데…. 노조 사무실 털리면 골치 아프니까네 성우 씨가 사무실 좀 지켜 도고. 상만 씨도 같이 좀."

그날부터 성우는 비교적 덩치가 크고 또래인 동료 상만과 함께 노조 사무실에 들어가 문을 걸어 잠그고 철야 농성에 들어갔다.

성우와 상만이 노조 사무실에서 두식에게 당한 봉변에 중앙정보부 공작의 그림자가 드리웠음이 드러난 것은 파업이 어이없이 끝난 직후였다.

　회사는 정부의 긴급조정 조치를 구실로 삼더니 갑자기 노조위원장과 회사가 합의를 했다면서 노조위원장 도장이 찍힌 합의서를 들이대며 더 이상의 파업은 불법이라고 노조를 위협했다.

　노조 내부에서도 어용세력들이 주도권을 쥐고 국가 기간산업을 너무 오랫동안 마비시키는 것은 국익에 반한다는 식으로 바람을 잡으며 파업을 철회해야 한다는 쪽으로 분위기를 몰아갔다.

　두식을 비롯한 노조의 어용세력들이 중앙정보부의 지시를 받고 위원장의 도장을 강탈해 갔다는 얘기들이 나돈건 파업이 철회된 직후였다.

　성우는 회사에 정나미가 떨어지기 시작했지만 결혼으로 더 무거워진 가장의 책임감은 어떻게든 회사에 없는 정이라도 더 붙여야 한다고 성우를 몰아세웠다.

　화자의 몸에 자신의 분신까지 깃들게 되면서 성우는 한 푼이라도 더 벌기 위해 남들이 꺼리는 잔업을 자청해야 할 판이었다.

회사는 노조의 파업이 끝나자 정상화라는 기치를 내걸고 사업을 더욱 확대하는 데 골몰했다.

회사가 정상화하고 사업이 커지면 주머니도 두둑하게 채워줄 수 있다는 신호를 줌으로써 불만과 동요를 잠재우려는 의도가 역력해 보였다.

새로운 가공공장을 만들고 30m 높이로 더욱 규모가 커진 천정크레인을 조종할 기술자를 새로 모집한 것도 그 즈음이었다.

전국에서 기술자들이 모여 들었으나 일반 크레인과는 다른 조종 방법에 애를 먹었고 성우가 다시 새 가공공장 천정크레인 조종 기술자로 자리를 옮기게 됐다.

그 과정에서 성우는 새로 인사기록 서류를 쓰라는 회사의 요구에 서류를 작성하다 자신이 아직도 임시공(계약직) 신분임을 알게 됐다.

입사한 지 3년이 지났기에 당연히 본공(정규직)이 돼 있을 거라 생각했던 것과는 달리 해마다 본인도 모르게 계약을 갱신하는 편법으로 회사가 임시공 신분으로 묶어뒀던 것이다.

노조를 찾아가 불합리를 얘기해 봤으나 이미 어용세력이 장악한 노조는 임시공 문제 따위에는 관심조차 없었다.

분신

팔칸집

"여기 있으면 우짜노. 아버지가 저렇게 보고 싶어 하시는데 애를 보여 드려야 안 하겠나….."

"아버지 피 토하시잖아요. 상윤이한테 병 옮으면 어쩌려고 그래요. 난 못해요. 난 못해요."

"무슨 소리고. 애는…. 애는 다시 낳으면 된다 아니가. 니가 좀 이해해 줄 수 없나….."

성우는 부엌 한쪽에 쪼그리고 앉아 울고 있는 화자를 보고 소리를 질렀다.

어쩌면 그 소리는 화자를 향한 것이 아니라 자기 자신을 향해 지르는 소리인 것 같았다.

이해해 달라는 말이 억지임을 알면서도 아내의 친구 집까지 찾아와 그런 말을 내뱉는 자신이 너무 잔인한 인간으로 느껴져 환멸감에 몸서리가 쳐졌다.

태어난 지 이제 갓 100일이 지난 상윤은 화자에게 안긴 채 성우의 소리에 놀라 울음을 터트렸다.

화자는 그런 상윤을 성우에게 보이는 게 두려운 듯 성우에게서 등을 돌린 채 울기만 했다.

결혼한 이후 좋은 일이 아니면 되도록 집 문 밖을 나가지 않으려 했던 화자가 조선방직 시절 친구인 덕자의 집까지 새벽을 더듬어 오게 될 줄은 며칠 전까지만 해도 생각지도 못한 일이었다.

화자는 핏덩이 같은 상윤을 업고 갈 수 있는 곳이 마땅히 없음에 가슴을 치며 영도구 청학동의 팔칸집을 나섰다.

덕자의 집이 있는 동구는 영도구에서 중구만 지나면 갈 수가 있을 만큼 그다지 멀지 않았지만 새벽 첫차를 타고 이슬을 맞으며 집을 나서는 발걸음은 한없이 무겁기만 해 천리나 먼 타향을 방문하는 듯했다.

오후 10시.

오늘도 성우는 어김없이 철야 직전에야 작업을 마치고 집으로 가는 발걸음을 옮기고 있었다.

집이 있는 청학동 언덕에서 조선공사 작업장은 손에 잡힐 듯 가까이 내려다 보였지만 파김치가 된 몸으로 가파른 언덕길을 오르기란 여간 힘든 게 아니었다.

파업과 임시공 파동을 겪으면서 회사에 넌더리가 났어도 은우가 저질러 놓은 일을 수습하면서 진 빚을 탕감하기 위해서는 주말도 없이 일을 해야 하는 성우였기에 발걸음은 늘 무겁기만 했다.

파김치가 돼 퇴근하는 성우에게 유일한 위안은 아내가 남산처럼 부푼 배를 안고도 힘든 내색을 하지 않고 묵묵히

견뎌준다는 점이었다.

　결혼 직후부터 아내가 떠나도 할 말이 없을 집안 형편이 되자 성우는 화자를 볼 면목이 없었다.

　임신 사실을 알고도 막막한 집안 형편에 입이 늘어난다는 사실을 무책임하게 마냥 기뻐하기만 할 수 없었던 성우는 화자의 안색부터 살폈다.

　화자는 그런 성우의 마음을 아는지 모르는지 임신을 누구보다 기뻐하며 더욱 더 열심히 집안 일에 매달리는 눈치였다.

　결혼하자마자 올라앉은 빚더미로 인해 임신을 하고도 고기 반찬은커녕 정육점에서 곰국을 끓이다 버린 뼈를 얻어와 다시 끓여 먹고 버티면서도 화자는 성우에게 이렇다 할 불평조차 없었다.

　화자는 배가 불러오는 만큼 영양분을 태아에게 빼앗기는지 몸은 점점 수척해져만 갔다.

　임신 6개월이 넘어서부터는 엉덩이 살이 거의 빠지는 바람에 앉아 있노라면 골반 뼈가 있는 부위에 굳은 살이 박힐 지경이었으나 화자는 아이가 뱃속에서 잘 크고 있다며 성우를 위로하곤 했다.

　그런 화자가 마냥 고맙기만 했던 성우는 자신도 화자의

몸에 깃든 자신의 분신에 희망을 걸고 한 푼이라도 더 벌기 위해 오늘도 철야 직전까지 할 수 있는 잔업량을 다 채우고 서야 집으로 향했던 것이다.

두뇌든 몸이든 한 번 무언가를 시작하면 심지어 자고 있을 때조차 중단 없이 숙성을 시켜 미세한 변화를 이끌어 내는 습성은 오랜 시간 인간에게 관성의 법칙처럼 축적된 특성이다.

다른 동물에 비해 힘도 체력도 약한 인간이 최상위 포식자로 살아남은 것은 두뇌가 발달해서라는 의견이 지배적이지만, 아마도 꾸준히 변화를 이끌어 내 적응력을 키우게하는 이 같은 특성도 한몫 했을지 모를 일이다.

인간이 살아남기에 필요했을 이 특성은 의외로 예민한 이들을 쉽게 휴식에 이르지 못하도록 괴롭히기도 한다.

회사에서 하루 종일 일에 시달린 성우는 피곤에 절어 쉽게 잠이 들 법 하건만 좀처럼 잠을 이루지 못했다.

저녁 늦게까지 작업을 하느라 활발히 돌아가던 성우의 몸과 두뇌가 집으로 와서도 회사 일을 하는 듯 예민하게 깨어 있었기 때문이다.

그런 예민함으로 인해 밤마다 잠들지 못하고 몸과 두뇌가 일에 적응해 나갔기에 성우가 조선공사 내에서도 크레인 작업만큼은 가장 잘 한다는 평가를 받게 된 것인지도 몰랐다.

새벽 3시경까지 뒤척이다 겨우 성우의 몸과 두뇌가 집에 있음을 인지하고 잠이 막 들려던 무렵 옆방에서 숨가쁘게 이어지는 기침 소리가 들려왔다.

몰려오기 시작하는 잠을 잠시 밀어내고 산달이 얼마 남지 않은 화자가 깨지나 않을까 조심스레 일어난 성우는 극상이 자고 있는 옆방 문을 열었다가 그 자리에 얼어붙고 말았다.

천식이라도 걸린 것처럼 숨이 끊어질 듯 기침을 이어가던 극상이 기침을 막기 위해 입에 갖다 댄 휴지가 빨갛게 물들어 있는 모습을 봤기 때문이다.

놀란 성우는 1시간을 뜬눈으로 보낸 뒤 새벽 4시경 야간 통행금지가 해제되자마자 극상을 부축해 병원 응급실로 뛰어갔다.

극상을 진료한 의사가 제시한 병명은 결핵이었다.

이미 3기를 넘어선 극상의 결핵은 X선으로 가슴을 촬영해도 늑막에 생긴 염증이 폐를 덮고 있어 폐가 제대로 보이지 않을 만큼 심각한 상태였다.

"몸이 많이 허하신 거 같네예. 일단은 집에 가서 좋은 음식 많이 드시고 몸을 좀 추스르는 게 더 중요합니다. 현재로선 자연 치유를 기대해 보는 수밖에 다른 방법이 없을 거 같네예."

진료실에서 성우와 마주한 의사는 딱한 표정을 지으며 기계적인 목소리로 이렇게 말했다.

성우는 눈에 띄게 광대뼈가 돌출돼 얼굴의 흉터까지 고스란히 드러난 극상의 얼굴을 떠올리며 극상의 병을 자신이 불러온 것 같은 죄책감에 시달렸다.

추락사고 이후 극상이 자신을 돌보기 위해 병원에서 살다시피 했다는 얘기를 들을 때마다 성우는 극상이 몸을 상하지나 않았을지 걱정이 됐지만 병증이 몸에 그렇게나 깊숙이 자리하고 있었을 줄은 생각지도 못했다.

바싹 마른 극상의 몸을 볼 때마다 '좀 더 잘 챙겨 드시지'라는 생각만 했을 뿐 결핵균이 자리를 잡고 가슴팍을 야금야금 잠식하고 있었을 줄은 꿈에도 몰랐다.

가족들도 모두 뇌수술이라는 엄청난 고비를 넘긴 성우의 건강만 걱정을 했을 뿐 극상이 병에 걸릴 수 있다는 생각은 조금도 하지 않았다.

"수술은 어찌 안 됩니까?"

직업적으로 자주 접할 수밖에 없는 보호자의 서글픈 반

응을 외면하기라도 하려는 듯 시선을 돌리는 의사에게 매달리며 성우가 물었다.

의사는 잠시 머뭇거리다 입을 다문 채 코로 큰 한숨을 내쉬며 말했다.

"환자 분 몸이 너무 허약하고 병도 많이 진행이 돼서 말이지예…. 연세도 많은 편이시라 수술로도 치료가 가능할 거 같지 않고예."

성우가 응급실로 돌아와 자신의 병이 결핵이며 집으로 모시라 했다는 의사의 말을 전하자 극상은 병원 침대를 박차고 일어섰다.

피를 토하는 증세를 보건대 병이 심각하다는 걸 본능적으로 느낀 극상은 집으로 모시라는 말의 의미를 별다른 치료방법이 없다는 뜻으로 이해했다.

밤 새 한숨도 자지 못해 관절 여기저기가 아우성을 치는 것처럼 빡빡해진 몸으로 극상과 함께 집으로 돌아가는 성우의 마음은 너무나 착잡했다.

극상의 병도 병이지만 결핵은 전염병이기 때문에 곧 해산할 화자를 생각하면 극상과 한 집에 같이 산다는 것도 말이 안 되는 일이었기 때문이다.

그 사이 말썽을 부리던 동생 은우가 팔곤네와의 폭력 사건을 계기로 마음을 다잡고 직업군인이 되겠다며 해군 하사관으로 입대를 했다는 게 다행이라면 다행이었다.

집으로 돌아온 성우는 화자에게 사정을 털어놓고 분가해야 할지도 모른다고 말했다.

빚더미에 올라 앉아 한 달 한 달 빚을 돌려막으며 사는 처지에 분가는 언감생심이었으나 화자는 성우 앞에 자신과 성우가 결혼할 때 주고받은 패물을 내놓으며 분가를 서두르자고 했다.

안 주고 안 받기로 하고 한 결혼이었지만 그래도 평생 간직할 패물 하나는 있어야 한다며 주고 받은 패물은 평소 성우가 찾지 못할 만큼 장롱 깊숙한 곳에 숨겨져 있었다.

은우의 사고로 빚을 질 때조차 그것만은 건드리지 말자고 서로 약속한 패물을 장롱 속에서 끄집어 낸 화자는 눈물을 글썽이며 "일단 태어날 아기를 먼저 생각하기로 하자"고 성우를 보챘다.

이튿날 성우 부부는 극상의 집보다 더 가풀막을 올라간 곳에 위치한 5평 크기 방 하나에 간이 부엌만 딸린 사글세로 보금자리를 옮겼다.

부엌 딸린 방 하나만 갖춘 여덟 집이 ㄷ자 모양으로 다닥다닥 붙어 공동 화장실 하나를 쓰도록 돼 있는 그 건물은 청학동 일대에서도 '팔칸집'이라고만 하면 누구나 알 정도로 유명한 빈민가였다.

그렇게 영도에서도 유명한 빈민가로 거처를 옮기고도 화자는 태어날 아기의 안전을 생각하며 오히려 안도의 한숨을 내쉬었다.

성우의 아들은 그렇게 팔칸집에서 첫 울음을 터트렸다.

화자의 출산에는 군 간호장교 출신이라고만 알려진 사연 많은 것 같은 이웃 여인이 산파 역할을 맡았다.

아기의 머리가 너무 커 화자의 산도에서 오랫동안 머무르는 바람에 아기가 태어날 때 쯤엔 화자도 아기도 모두 기진맥진한 상태였다.

힘겨운 듯 겨우 내뱉는 아기의 울음 소리를 집 밖에서 들으며 초조해 하던 성우는 아기가 건강하다는 사실을 산파에게서 듣고서야 나는 듯이 달려가 극상에게 첫 손자의 탄생을 알렸다.

극상은 병원에서 처음 결핵 진단을 받은 뒤 항결핵제를 받으러 보건소를 가는 것 이외엔 외부 출입을 삼간 채 집에 누워 있었다.

아직까진 거동에 큰 불편을 느낄 수 없을 정도였으나 병을 옮길지도 모르는 결핵 환자가 밖을 자유롭게 나다닐 순

없는 노릇이었다.

결핵 판정을 받기 전까지 함께 지냈던 아들 성우와 며느리 화자가 결핵 검사 결과 음성으로 나왔기에 가슴을 쓸어내렸다는 게 위안이었을 정도였다.

그렇게 한 달 여를 성우가 가끔 집 앞에 놓고 가는 밑반찬에다 스스로 지은 밥으로 끼니를 때우며 무료한 시간을 보내다 마주한 손자의 탄생 소식은 극상을 병석에서 벌떡 일어나게 했다.

당장 손자가 있는 집으로 달려가고 싶은 마음에 방을 나서려다 극상은 문득 자신이 전염병 환자라는 사실을 깨닫고는 주저앉고 말았다.

항결핵제를 복용하면 전염력이 급격히 떨어진다고는 하지만 이제 막 태어난 갓난아기를 보러 간다는 것은 너무나 위험한 일이라는 생각이 든 것이다.

"다음에 좀 낫고 나면 보자."

"예, 아버지. 몸 잘 챙기이소."

성우가 문 밖에서 돌아서는 소리를 들은 극상은 다시 이부자리를 펴다가 눈물을 흘렸다.

다음에 보자고는 했으나 결핵 증세가 더욱 심각해지면 손자도 보지 못하고 병석에 누워만 있다가 생을 마감할지도 모른다는 불안감이 엄습해 오자 외로움이 뼈에 사무치듯 물결쳐 왔다.

태어난 아기의 이름이 '상윤'으로 정해지고 석 달이 흘렀을 무렵 극상의 집으로 반찬을 가져 가던 성우는 극상이 방안에서 홀로 울고 있는 소리를 들었다.

머리를 다쳐 의식을 잃고 누워있는 자신을 돌보다 폐병까지 얻은 극상이 울고 있는 소리를 들은 성우는 문 밖에서 어떻게 해야 할지 몰라 한참을 애태우다 소리를 질렀다.

"아버지, 상윤이 함 보실랍니까?"

"성우 왔나? 응?"

"상윤이 한 번 데리고 올까요?"

"무슨 소리고? 괜찮다. 잘못하면 아한테 병 옮는다."

"약 먹으면 전염 안 될 수도 있다 안 합니까. 약 드시고 보면 될 거 아닙니까."

"뭐라 하노. 난 괜찮다니까."

"아닙니다, 아버지. 상윤이 데려 올게예."

"봐라, 봐라. 그라면 안 된다. 성우야….."

자신을 부르는 극상의 목소리를 뒤로 한 채 성우는 그 길로 화자에게 달려가 상윤을 아버지께 보여 드리자고 애원

했다.

"나 때문에 아버지 저리 되신 거 아니가. 한 번만, 한 번만 아버지께 상윤이 보여 드리게 해 주라. 내 이렇게 빌게….'"

자신의 등 뒤에서 부엌 바닥에 무릎을 꿇고 빌고 있는 성우를 본 화자는 상윤을 들여다 보며 눈물을 흘렸다.

'이 어린 것을 어떻게….'

부부의 애절한 대화를 들으며 무슨 말을 해야 할지 몰라 눈만 깜빡이고 있던 덕자를 뒤로 하고 화자가 성우를 따라 영자의 집을 나선 것은 1시간 여가 지나서였다.

그 사이 극상은 성우가 혹시라도 상윤을 데려올지 몰라 전전긍긍하면서 보건소에서 받아놓은 약을 정신없이 털어 넣고 있었다.

항결핵제를 먹으면 결핵균 전염력이 많이 떨어질 수 있다는 의사의 말을 기억해 낸 극상은 손자에게 병을 옮기지 않아야 한다는 마음에 부작용이나 복약 지시 따위는 생각할 겨를이 없었다.

잠시 후 방문 앞에서 목소리가 들리는가 싶더니 방문이 열리면서 조그만 강보에 싸인 아기를 안고 들어온 성우 부부의 모습이 보였다.

"아버지, 얘가 상윤입니다. 함 보이소."

성우가 상윤을 극상의 앞에 내려놓자 극상은 손을 내밀려다 움찔 하며 화자를 한 번 쳐다본 다음 손을 거둬들였다.

화자의 통통 부은 눈을 본 극상은 아들 부부 사이에 어떤 일이 있었는지를 금세 눈치채고 말았다.

잠을 깬 채 방바닥에 놓인 상윤은 극상의 얼굴을 보고 생글생글 웃고 있었다.

극상은 상윤의 얼굴을 쳐다보면서 한없이 행복한 표정을 지으면서도 아기 앞으로 끝내 손을 내밀지 않았다.

소매로 입을 가리고 상윤의 옹알거리는 소리를 한참 듣고 있던 극상은 "이제 그만 데려가라"는 말을 끝으로 돌아앉았다.

성우와 화자가 울면서 상윤을 안고 방문을 나온 것을 끝으로 결핵이 악화해 극상이 숨을 거둘 때까지 조손은 먼 발치에서 실루엣으로만 마주칠 뿐 다시는 직접 만나지 못했다.

극상은 상윤을 직접 만나지 못하면서도 자신과 잠시라도 마주친 손자가 다행히 결핵에 감염되지 않고 무럭무럭 잘 자란다는 소식에 마냥 기뻐했다.

다시는 안아 보지 못한 손자가 무사히 잘 크고 있다는 소식은 극상에겐 마지막 남은 생을 견디는 힘이었다.

화장

"나는 오늘 여기서 죽을 거다. 대신 앞장 서는 몇 놈도 죽을 각오를 해라."

성우의 발길질에 놀란 병석은 뒤로 물러섰다.

정확하게 발 끝으로 팔목을 노려 걷어올린 성우의 왼발 앞차기에 들고 있던 각목이 손에서 빠져나와 핑그르르 원을 그리며 날아간 것이다.

병석이 깜짝 놀라 팔목을 잡으며 뒤로 물러서자 뒤쪽에 서 있던 덩치들도 움찔 뒷걸음을 쳤다.

대련을 하던 당시의 성우였다면 병석이 뒤로 물러서는 것과 동시에 왼발을 앞쪽으로 내딛으며 오른발 옆차기를 갈비뼈나 턱에 연속으로 꽂아 넣었을 테지만 다수의 상대와 싸움을 벌여야 하는 실전에선 무리한 동작은 금물이었다.

성우는 몸을 벽 쪽으로 붙여 뒤에서 기습을 당할 위험을 차단하고는 언제든 연속으로 주먹과 발을 날릴 수 있도록 자세를 취했다.

눈, 관자놀이, 인중, 목젖, 명치, 낭심, 무릎….

한방이면 다시는 반격을 할 수 없도록 상대를 무력화할 수 있는 급소를 떠올리며 성우는 눈으로 살기를 내뿜었다.

"임마 이거 죽으려고 환장했네. 입 나불거리지 말라고

안 했나."

병석은 성우의 발차기에 기선을 제압당해 목소리에 힘이 많이 빠졌지만 아직도 자신들의 머릿수가 많다는 것을 믿고 이렇게 윽박질렀다.

"내가 내 권리 찾았다고 얘기해 준 게 뭐 그리 잘못 됐노. 내가 임시공일 때 느거들이 도와줬더나. 입 닫고 있으라고? 웃기는 소리 하지 마라. 느거가 쪽수가 많으니 정당방위도 인정된다. 어디 한 번 들어와 봐라."

아무리 상대가 많다고 하더라도 상대가 한꺼번에 치고 들어올 수 있는 공간은 전후좌우 네 방향뿐이다.

성우는 이미 기습 가능성을 봉쇄해 놓은 등 뒤의 벽을 제외한 전방, 좌측, 우측 세 방향으로 자신의 공간을 나누고 각 공간마다 덩치들이 들어오는 즉시 반격할 채비를 했다.

극상은 결핵으로 4년을 이산가족처럼 가족과 떨어져 고생하다 외로이 세상을 떠났다.

그 기간 동안 극상은 내도록 결핵을 가족들에게 옮기지나 않을지 전전긍긍했고 가족들도 새로 결핵환자가 생기지나 않을지 가슴앓이를 해야 했다.

결핵이 중증으로 진행돼 해골처럼 변한 채 누워있던 극

상은 꺼져가는 눈빛으로 주위를 둘러보다 마스크를 쓰고 머리맡에 앉은 성우를 발견하고는 자신을 땅에 묻어 달라는 말을 남기고는 마지막 숨을 거뒀다.

극상은 살아서도 모진 병으로 인해 외로웠지만 세상을 뜨고 나서도 그 병으로 인해 외로운 신세였다.

결핵을 심하게 앓다 숨진 극상의 장례를 떠맡으려는 이가 아무도 없었기 때문에 성우는 장례 준비를 제대로 하지 못하고 애만 태웠다.

극상의 임종도 지키지 못한 은우가 뒤늦게 군대에서 휴가를 얻어 쫓아왔으나 은우도 망연자실해 있기는 마찬가지였다.

성우가 염을 어떻게 해야 할지 몰라 쩔쩔 매는 모습을 보다 못한 이웃의 전 노인이 약국에서 소독약 2병을 사오라며 다가왔다.

평소 동네 소소한 일까지 나서 박학다식한 면모를 유감없이 보여주던 전 노인은 성우가 사 온 소독약 2병을 극상의 입에 남김없이 부은 뒤 성우 형제의 옆을 지키며 염하는 방법을 도와주기 시작했다.

극상이 자신을 묻어 달라는 유언을 남겼으나 성우에겐 혼자서 매장을 할 정신적 물질적 여유가 없었다.

게다가 극상이 결핵을 심하게 앓다 숨겼기에 주변에서도 화장을 했으면 하는 눈치가 역력했다.

결국 성우는 극상의 유언에도 불구하고 눈물로 화장을 결정한 뒤 아버지와 어머니 두 분을 함께 모셔야겠다는 생각으로 어머니의 묘도 파묘해 함께 화장하기로 마음먹었다.

"혹시 집안에 가슴 쪽에 심하게 병 앓다 돌아가신 분 없는교?"

어머니 묘를 파묘하던 날 뗏장을 들어내고 열심히 삽질을 하던 인부가 고개를 갸웃거리며 급히 성우를 부르더니 이렇게 말했다.

놀란 마음에 달려간 성우의 눈에는 정체모를 식물의 뿌리가 관을 파고 들어 어머니 가슴께까지 침범해 있는 모습이 들어왔다.

정확히 아버지 극상이 가슴앓이를 한 부위와 일치하는 위치에 자리를 잡은 뿌리로 인해 어머니의 시신도 가슴께가 시커멓게 변해 있었다.

'어머니는 화장해 달라고 하셨는데 매장을 하는 바람에 이런 일이 일어났구나…. 돌아가시기 전 이런 일이 일어날 것이란 걸 예지하고 미리 당신을 화장하라고 하신 걸까. 아

버지는 매장해 달라고 하셨는데 이번엔 도리어 화장을 하는구나. 이 불효막심한 놈아….'

파묘를 한 이상 마무리를 지을 수밖에 없어 성우는 부들부들 떨면서 동생 은우와 함께 아버지와 어머니의 관을 당감동 화장터로 모셨다.

네 살배기 아들 상윤과 두 살배기 딸 연주를 안고 혹시라도 아직 아이들에게 결핵이 옮을까 먼 발치에서 그런 성우를 지켜보던 화자도 시부모의 처연한 마지막 모습에 눈물을 삼켰다.

성우의 가족들이 이산가족 아닌 이산가족 살이를 하며 몸부림치던 것과는 대조적으로 성우가 몸담고 있던 조선공사는 새로운 계기를 맞으며 도약을 하고 있었다.

북한의 고속 간첩선이 수시로 출몰하던 1970년대 초반 남한은 변변한 고속정이 없어 해안 경비를 제대로 할 수 없는 지경이었다.

이에 일선 학교에서는 고속정을 만들 수 있도록 성금을 모으자는 모금 운동이 펼쳐졌고 이렇게 모인 국방성금으로 조선공사에서는 1972년 40톤짜리 고속정 제작에 들어갔다.

우리 기술로 처음 제작한 이 고속정은 학생들의 성금으

로 만들어졌다 하여 '학생호'라고 불렸다.

학생호는 35노트 속력을 낼 수 있어 간첩선 검거와 해안 경비에 큰 역할을 할 것으로 기대를 모았으나 톤수가 작아 항속거리가 짧은 것이 치명적인 단점이었다.

항속거리를 늘리려면 80톤 이상 규모로 다시 제작하거나 무게를 줄이기 위해 싣고 있는 무기조차 떼어내야 할 판이어서 학생호는 제대로 역할도 해보지 못하고 결국 애물단지로 전락했다.

하지만 국방에 필요한 특수선을 우리 손으로 만들 수도 있다는 경험은 조선공사가 이후 한진중공업이 된 이후에도 전투함 등 특수선 제조에 특화할 수 있는 기술적 전통의 기반이 됐다.

그 해엔 학생호 외에도 조선공사 창사 이래 이정표적인 선박 건조 기록도 세웠다.

당시로선 국내 최대 규모 선박이라고 불린 1만8000톤급 팬 코리아 호를 조선공사 독자로 건조해 진수까지 해낸 것이다.

건조 과정에서는 일제 강점기 조선공사에 일인들이 남겨놓은 4000톤급 선대 위에 자체중량 1만톤이 넘는 선박을 건조할 수 있을지를 놓고 조선공사 내부적으로 갑론을

박이 많았다.

일본에 문의해 기술적으로는 가능하다는 답을 얻고도 처음 해 보는 모험이라 선대가 무너지지 않도록 각별히 주의를 기울여야 했다.

한계치에 다다른 선대에 선박 블록을 오르내리는 과정에서 가장 중요한 것이 섬세한 크레인의 작동이었기에 이 시기 성우는 365일 크레인에 붙어 살다시피 해야 했다.

성우의 역할이 커지자 마침내 조선공사는 성우를 임시공에서 본공으로 승격시키고 월급도 대폭 인상했다.

성우는 그해 태어난 딸 연주가 행운을 몰고 온 것 같다며 기뻐했다.

하지만 기쁨도 잠시.

월급이 오른 만큼 조금의 여유가 생기기도 전에 성우는 빚으로 빚을 돌려 막는 형편에는 월급 인상이 매월 갚는 빚의 액수만 늘릴 뿐이라는 사실을 깨달아야 했다.

우여곡절 끝에 본공이 된 성우의 피땀이 더해져 건조가 끝난 팬 코리아 호는 진수식에 박정희 대통령과 딸 근혜 양(당시엔 이렇게 불렸다)이 참석할 정도로 세간의 관심을 끌었다.

1만8000톤에 달하는 대형 선박의 진수도 당시로선 유례가 없는 것이었다.

선박에서 바다 쪽으로 나무 레일을 깔고 초와 비누, 윤활제를 섞어 바른 뒤 모래가 담긴 철제 구조물 위에 놓인 배를 모래를 조금씩 빼서 레일 위에 얹어 바다 쪽으로 미끌어지도록 오일 잭으로 밀어 보내는 장면은 보기엔 장관이었지만 작업에 매달린 성우를 비롯한 실무자들은 배가 바다에 안착할 때까지 가슴을 졸여야 했다.

진수식이 끝난 뒤에는 수영비행장에 있는 전용기가 출발하기 직전 근혜 양의 핸드백이 분실되는 소동이 발생해 조선공사 관계자들을 아연실색케 했다.

비상이 걸린 경찰이 수색에 나선 결과 진수식이 벌어진 조선공사 사무실에 근혜 양의 핸드백이 놓여 있다는 사실이 밝혀졌다.

경찰은 핸드백을 실은 오토바이가 한 번도 멈추지 않고 영도 조선공사에서 수영비행장까지 갈 수 있도록 신호등을 조작했고 최고 속도로 나는 듯이 달려온 경찰 오토바이가 도착하자 출발 지연 20분만에 비행기는 겨우 이륙을 했다.

이 과정에서 박영수 부산시장이 어색한 분위기를 살리려고 "출발이 좀 늦어졌으니 하늘에서 엑셀러레이터를 좀 세게 밟으시라"고 기장에게 썰렁한 농담을 했다는 사실이 조선공사에 알려진 것은 그 이튿날이었다.

회사로부터 직원들에게 철저한 함구령이 내려진 것은 당연한 후속 조치로 여겨졌다.

극상의 장례가 끝난 지 얼마 지나지 않아 성우는 조선공사가 새로 건립하는 10만톤급 도크 공사 현장에서 크레인을 조종하다 큰 사고를 맞았다.

크레인 뒤 쪽으로 흙더미가 무너져 내려 생긴 구멍을 파악하지 못하고 후진을 하다 크레인 바퀴가 구멍에 빠지면서 크레인이 뒤집어진 것이다.

다행히 성우도 크게 다친 곳이 없었고 흙더미 위로 넘어진 크레인 본체나 붐도 파손이 없었지만 장비과의 김해수 계장이 펄펄 뛰고 나섰다.

"야 이 ×새끼야. 눈은 어디다 두고 다니노."

사람이 무사한지를 먼저 살펴야 할 계장이 자신을 향해 욕부터 날리며 다가오는 것을 본 성우는 문득 지난해 울산 출장 때를 떠올렸다.

울산 정유공장 파이프 매설 공사에 파견돼 장기 출장을 하던 당시 크레인을 몰고 나가는 성우를 보고 장비 담당 김계장은 노골적으로 돈을 상납할 것을 요구했다.

빚더미에 앉은 처지에 그럴 여유가 없었던 성우는 어물어물 김 계장의 요구를 피하면서 출장을 마쳤지만 그 이후로 김 계장은 장비와 관련해 사사건건 시비를 걸어오곤 했다.

김 계장은 마치 사고를 기다리기라도 한 듯 성우를 몰아붙인 뒤 성우의 책임을 물어야 한다고 회사에 적극 건의를 하고 나섰다.

작업장의 환경도 고려하지 않고 무조건 운전자의 과실로만 몰아가는 분위기 속에 성우는 인사위원회에 회부돼 감봉 3개월의 중징계를 받고 말았다.

사람이 다치지도 않고 장비 손상도 없음에도 그 같은 징계가 나온 이면에는 김 계장의 악의적인 보고가 있었다고밖에는 달리 해석할 수가 없었다.

빚더미에 올라 앉은 성우는 3개월 감봉으로는 생활을 할 수가 없었기에 다른 직장을 찾아야 하는 신세가 됐다.

퇴사를 위해 노무과를 찾은 성우는 자신이 근무한 8년 중에 본공 3년 기간밖에 퇴직금 산정 기준으로 인정되지 않아 퇴직금을 15만원만 받을 수 있다는 사실을 알고 분노했다.

노조를 찾아가 하소연을 했으나 몇 년 전 중앙정보부의

파업 뒤집기 소동 이후 어용세력이 장악한 노조는 별도의 근무경력 서류가 없다는 등의 논리를 들이대며 오히려 회사 편을 들었다.

"크레인은 매일 작성하는 작업일지가 있으니 그걸 확인하면 그동안 계속 근무해 왔다는 근무경력 서류가 될 거 아닙니까."

"작업일지랑 퇴직금이랑 뭔 상관이야. 3년이라도 인정받았으면 됐지 뭔 헛소리야."

성우는 말이 통하지 않는 회사와 노조를 뒤로 한 채 노동청 근로감독관을 찾았다.

처음부터 조선공사 담당 근로감독관을 찾아 자신의 사연을 얘기하면 제대로 이야기를 들을 수 없을 것 같다고 생각한 성우는 기지를 발휘해 다른 근로감독관을 찾아 일반적인 얘기인 것처럼 문의를 했다.

"해마다 계약을 갱신하는 서류를 냈다고 해도 수년간 계속 근무를 했다면 퇴직금을 받을 수 있는가요?"

"계속 근무했다는 사실만 인정되면 퇴직금 지급 대상이 됩니다."

그토록 듣고 싶었던 답을 얻은 성우는 다시 조선공사 담당 근로감독관을 찾아 자신이 조선공사 퇴직자라 밝히고 저간의 사정을 설명했다.

"임시공으로 일했는데 뭔 퇴직금을 받는다 말이오? 사고를 내고 퇴직을 한다면 오히려 배상금을 물어줘야 할 수도 있을 거 같은데…."

단도직입적으로 말을 자르고 윽박지르는 근로감독관을 향해 성우는 앞서 다른 근로감독관과 상담한 내용이 적힌 종이를 내밀고 이렇게 소리쳤다.

"다른 감독관은 퇴직금 받을 수 있다고 하는데 왜 당신은 받을 수 없다고 약자인 나를 몰아세우는 겁니까. 한 나라에 법이 이렇게 다를 수 있다는 거요? 내 이 길로 법원에 가서 회사와 붙어먹은 근로감독관이 권력으로 노동자 탄압한다고 내용증명으로 고발할 테니 딱 기다리시오."

만만하게 본 성우가 이렇게 세게 나오니 갑자기 주눅이 든 듯 근로감독관은 성우에게 잠시만 기다리라고 말하고는 다른 테이블로 가서 조선공사 측과 전화를 하기 시작했다.

30분 가까이 성우의 눈치를 보며 여러 곳에 전화를 돌리던 근로감독관은 한숨을 쉬며 성우가 있는 자리로 돌아왔다.

"지금 회사로 가 보소. 회사가 알아듣게 말 해 놓았으니 퇴직금 받을 수 있을 거요. 그 사람 참…. 고함을 지르고 그 래…."

근로감독관의 말을 듣고 성우가 회사를 찾아가자 노무 과 직원들의 태도가 180도 달라져 있었다.

"우리랑 얘기하면 될 것을 그 왜 근로감독관까지 가서 그런 얘기를 하고 그래요?"

노무과 직원들은 한참을 계산하더니 원래 받았던 퇴직 금 15만원 외에 추가로 퇴직금이라며 10만원을 더 내주며 "이렇게 퇴직금 받았다는 거 다른 데 얘기하면 안 된다"고 말했다.

임시공으로 퇴직한 다른 사람들도 알아야 할 게 아니냐 고 대꾸하고 회사 문을 나서던 성우는 어용 노조의 행동대 장격인 병석이 문 앞에서 자신을 부르는 모습을 발견했다.

"다른 임시공들한테 얘기하면 재미없다. 혼자 그 정도 챙겼으면 조용히 집에 가라."

주먹깨나 쓰던 몸이라며 회사 안에선 힘자랑을 곧잘 하 던 병석이 이렇게 나서자 성우는 바짝 약이 올랐다.

병석과 헤어진 뒤 성우는 퇴직하고 집에서 놀고 있는 임 시공 출신 노인들한테 "내가 임시공 시절 퇴직금까지 받았 으니 모두들 회사 가서 퇴직금 받으시라"며 전화를 돌리기 시작했다.

이튿날부터 조선공사는 임시공 기간 동안의 퇴직금을 내놓으라며 몰려온 고령의 퇴직 임시공들로 인해 난리통을 방불케 했다.

성우가 그 난리를 일으킨 장본인이란 걸 알아낸 회사와 노조 측은 이를 갈며 성우를 찾아나섰다.

집이 있는 청학동에서 조선공사로 내려오는 골목 어귀에서 성우는 각목과 쇠파이프 따위를 든 병석과 5~6명의 덩치를 마주했다.

입을 닫지 않은 대가를 치르도록 하겠다고 덤비는 병석을 걷어차고 성우가 다음 자세를 취했을 때 멀리서 "어이, 거기, 머 하노"라는 고함 소리가 들려왔다.

소리가 들리는 쪽에선 목 뒤로 근육이 군살처럼 뒤룩뒤룩 붙어 마치 두꺼비를 연상케 하는 탄탄한 몸매의 30대 초반 사내가 어슬렁거리며 걸어오고 있었다.

살기에 찬 성우가 또 다른 덩치가 합류한 것은 아닌지 살피려고 고개를 돌리는 순간 사내가 다시 고함을 질렀다.

"어, 성우 아니가. 이야 오랜만이네. 근데 거서 머 하노?"

목소리의 주인공은 학창시절부터 함께 운동을 하던 친

구 오문환이었다.

　문환은 유도를 잠시 배우다 레슬링으로 종목을 바꾸고는 전국적으로 알아주는 레슬러로 명성을 날리다 부상을 당한 뒤 항만에서 노동자로 일하고 있었다.

　주먹을 쓰는 데 익숙한 무리들이 많아 서로 주먹다짐이 끊이지 않았던 항만 노동자들 사이에서 문환은 그 무렵 잡다한 세력을 통일한 '오야붕'으로 통했다.

　레슬링과 유도 기술을 장착한 데다 타고난 힘이 장사였던 문환은 항만의 군소 세력 보스급들을 하나하나 제압해 자기 세력으로 끌어들였다.

　카리스마를 내뿜으면서도 붙임성 있는 문환의 성격도 오야붕으로서 손색이 없을 정도여서 문환의 세력은 날이 갈수록 커졌다.

　문환의 명성을 익히 들어 알고 있었던 병석이 문환에게 길을 내주며 물러서자 병석 뒤에 있던 덩치들도 몇몇이 문환을 알아보고는 인사를 하고 있었다.

　"내 친구 성우한테 뭔 볼 일 있나. 나한텐 형제나 마찬가지다. 나이 어린 아이들은 형님으로 모시고…. 병석이 니는 마, 모르겠다. 알아서 잘 해라, 고마."

　성우의 어깨를 짚고 선 문환이 이렇게 얘기를 하자 병석도 별다른 수가 없었다.

항만의 오야붕으로 통하는 문환을 잘 못 건드렸다가는 더 큰 피를 부를지도 몰랐기 때문이다.

그런 병석에게 못이라도 박듯 문환은 성우와 어깨동무를 하고는 골목 어귀를 빠져나갔다.

병석은 성우와 문환이 멀어지는 모습을 물끄러미 쳐다만 보다 못마땅한 표정으로 바닥에 침을 한 번 뱉고는 덩치들과 함께 돌아섰다.

문환은 성우가 사고로 징계를 받고는 회사를 그만뒀다는 소식을 듣고 성우를 찾아 온 길이었다.

"성우야, 고생 많이 했다. 회사 그만뒀다매? 아버지 돌아가신 것도 요전 앞에야 들었다. 마, 이제 이 지긋지긋한 영도 바다 떠나뿌라."

문환의 말에 고개만 끄덕이고 있던 성우는 정말 영도를 떠나야 할지도 모른다고 생각했다.

영도를 지키는 영험한 할매신이 영도를 떠나는 사람들에게 해꼬지를 한다는 내용의 전설인지 민담인지 모를 얘기들이 꺼림칙하긴 하지만 더 이상 영도에 발을 붙이고 살 이유는 없어 보였다.

그 시각 조선공사는 성우가 일으킨 임시공 퇴직금 지급

소동을 한차례 격하게 겪은 뒤 임시공 제도를 아예 없애버리고 말았다.

공항

오늘도 허탕이었다.

국제 미아가 되지 않으려고 목숨처럼 주머니에 꼬깃꼬깃 넣어놓은 항공권과 여권을 들고 탑승구 앞에 줄을 선 성우 일행은 입구 쪽에서 또 소란스러운 움직임이 벌어지는 낌새를 채고 앞으로 뛰어 나갔다.

아랍어로 기관총처럼 쏘아대는 말을 알아들을 수는 없는 노릇이었지만 턱을 치켜들고 거만한 표정으로 말을 내뱉는 아랍인을 입구에서 발견하고 성우는 오늘도 비행기를 타기는 글렀다고 생각했다.

"남의 나라에 돈 벌어 먹으려고 온 주제에 뭔 순서 타령이야?"

대한항공 직원이 당황한 표정으로 처음 아랍어를 통역해 줬을 때 들었던 분노도 그 즈음엔 누그러질 대로 누그러져 있었다.

아마 지금 눈 앞에서 턱수염을 잔뜩 기른 아랍인이 쏟아내고 있는 말도 그 내용은 여기에서 처음 들었던 그것과 그리 다르지 않으리라.

페르시아만에 접한 사우디아라비아 동해안의 한가운데에 위치한 담맘의 공항에 성우 일행이 도착한 지는 벌써 6일이 지났다.

대한항공이 발행한 항공권에는 최종 목적지인 사우디 서해안 홍해에 접한 항구도시 제다에 도착하는 날짜가 1976년 2월 17일로 명기돼 있었으나 날짜는 벌써 2월 22일을 넘기려 하고 있었다.

처음 담맘에 도착했을 때만 해도 '국력이 약해 직항이 없으므로 비행기를 갈아타야 하는구나' 정도의 느낌이었으나 하루 이틀이 지나자 '이러다 국제 미아가 되는 거 아닌가' 싶을 만큼 불안감이 엄습해 왔다.

담맘 도착 첫날 환승 비행기를 확인하고 탑승구에 몰려간 성우 일행은 자신들을 밀어내며 앞쪽으로 끼어드는 아랍인들에게 고함을 지르며 항의를 했다.

하지만 그들은 아랑곳하지 않았고 대한항공 직원만 몇 마디 말을 듣고는 사색이 돼 성우 일행에게 새치기를 당한 이유를 설명했다.

공항에 근무하는 당국자도 대한항공 직원이 항의를 하는데도 낯선 나라에서 온 성우 일행의 행색을 보고는 대수롭지 않다는 표정으로 손가락질을 하며 뒤로 물러서라고 윽박질렀다.

며칠을 아랍인들에게 계속 새치기를 당하며 공항에 머물러야 했던 성우 일행은 모두 공항 대합실 바닥에서 숙식

공항

을 해결해야 하는 신세가 됐다.

운좋게 의자에 앉은 이들은 그나마 의자에 기대어 꾸벅꾸벅 졸 수 있었으나 나머지 일행은 공항 바닥에 주저 앉아 가방을 끌어안고 잠을 자야 했다.

하루 이틀이 지나자 지쳐버린 성우 일행은 아예 공항 바닥에 드러누워 버렸다.

줄을 서야만 겨우 이용할 수 있는 화장실 사정으로 인해 300명이 넘는 인원이 당장 씻을 곳도 마땅치 않아 성우 일행은 금세 머리가 떡이 지고 땟국물이 줄줄 흐르는 몰골이 돼 공항 직원들로부터 더욱 천대를 받았다.

변변한 식사도 할 수 없어 대한항공 직원이 수소문 끝에 얻어온 걸레 같이 생긴 빵(밀가루로 만든 아랍식 빵을 당시엔 정체를 몰라 이렇게들 불렀다)으로 끼니를 때워야 하다 보니 거지 신세를 방불케 했다.

빵도 만든 지 얼마나 됐는지 알 수 없을 만큼 딱딱하게 굳어 있기 일쑤여서 입이 짧은 사람들은 물에 불린 뒤에야 겨우 몇 조각을 먹을 수 있을 정도였다,

성우 일행이 도착하기로 돼 있던 제다에서는 일주일이 다 돼 가도록 노동자들이 도착하지 않는데도 아무런 조치도 취하지 않는 걸까.

성우는 여기까지 오는 데 들였던 온갖 노력과 김포공항에서 헤어질 때의 화자 얼굴을 떠올리며 제다에는 발도 붙이지 못하고 다시 한국으로 쫓겨가는 것은 아닌지 불안해했다.

임시공 퇴직금 파동으로 회사를 발칵 뒤집어 놓으며 조선공사를 그만둔 성우는 퇴직금으로 빚잔치를 하기 시작했다.

성우는 극상이 세상을 떠난 뒤 팔칸집을 벗어나 다시 집으로 들어가려 했으나 화자는 집을 파는 게 어떻겠느냐고 말했다.

화자는 집을 팔아 급한 빚부터 갚자고 말했으나 영도를 떠나고 싶어 하는 눈치가 역력해 보였다.

친구 문환이 성우를 보고 영도를 떠나라고 할 정도였으니 화자가 그럴 만도 하겠다고 생각한 성우도 이제 영도를 떠나야겠다고 결심했다.

은우가 입대해 돈을 벌면서 자신이 벌여놓은 일의 뒷수습을 어느 정도 맡은 뒤로도 빚은 생각만큼 많이 줄어들지 않았다.

극상의 병 뒷바라지로 더 불어난 빚은 이자까지 붙어 성우가 퇴사할 무렵엔 60만원을 넘어가고 있었다.

성우네 사정을 잘 아는 이웃들이 앞장서 집을 팔아주는 바람에 쓰러져 가는 집이었지만 20만원에 팔게 된 성우는 퇴직금을 보태 우선 30만원부터 갚았다.

나머지 부채는 다시 돈을 벌어 갚기로 하고 성우는 남구 UN묘지 근처에서 전세 15만원을 주고 방 한 칸짜리 새 보금자리를 마련했다.

전세집 주인이 화자가 조선방직에 있던 시절 과장으로 근무하던 인물이었기에 화자가 부끄럽다고 반대를 했으나 그 금액으로는 다른 집을 구할 도리가 없어 선택의 여지가 없었다.

태어날 때부터 영도에서 자라 영도에서 줄곧 커왔으며 직장도 영도의 조선공사를 택해 결혼한 뒤에도 영도에 자리를 잡았던 성우가 마침내 영도를 벗어난 것이었다.

"영도 할매요, 그만큼 영도에서 고생했으면 우리 이제 이리 떠나도 해꼬지는 하지 마이소."

영도를 떠나던 날 이삿짐을 실은 트럭에 올라 영도다리를 건너면서 뒤를 돌아보던 성우는 멀리 보이는 봉래산 정상을 바라보면서 이렇게 혼잣말을 중얼거렸다.

조선공사에서 전력을 다해 배운 기술이 크레인이었으

므로 성우는 크레인 조종으로 일할 수 있는 곳을 찾아 나섰다.

때마침 부산을 대표하는 철강업체인 동국제강에 새로운 크레인이 들어와 크레인 조종을 맡을 운전기사를 모집한다는 소식에 성우는 동국제강에 입사 원서를 냈다.

동국제강의 작업 환경은 조선공사와는 완전히 달랐다.

용광로 앞에서 전자석이 달린 크레인에 올라 주물 재료를 넣는 작업은 처음 조선공사에서 해머질을 배울 때 겪었던 열기의 고통을 떠올릴 만큼 힘이 들었다.

오랫동안 크레인 조종을 하다 내려오면 다리가 후들거릴 정도로 한동안 고생을 하던 성우에게 뜻밖의 기회가 찾아왔다.

동국제강이 수명이 다한 선박을 실어와 해체작업을 하면서 선박 외피를 들어내 철근을 생산하는 압연재로 판매하는 사업을 새로 시작한 것이었다.

철제를 싣고 내리는 작업은 전자석이 달린 크레인으로 하기 때문에 크레인 운전자가 얼마나 능숙하게 크레인을 다루는지에 따라 철물을 실어가는 업자들의 이익이 크게 달라졌다.

자투리가 전자석에 붙은 채로 실려 무게를 달게 되면 압

연재로 사용할 수 없는 자투리까지 돈을 내고 사가는 꼴이
되기에 업자들로선 손해를 보기 십상이었다.

이 작업에 투입된 성우는 물 만난 고기처럼 크레인 조종
실력의 진수를 선보였다.

성우가 크레인에 달린 전자석으로 붙여 올린 철물을 공
중에서 한 번 반동을 주고는 전자석을 순식간에 껐다 켜자
자투리는 모두 떨어지고 순수 압연재만 전자석에 달라붙
어 있었던 것이다.

철물업자들의 이익을 고스란히 보장해 주는 성우의 이
같은 조종 실력이 알려지자 철물업자들은 너나없이 성우
가 작업을 해주길 바랐고 성우가 작업을 끝내고 난 뒤 크레
인에서 내려올 때면 고맙다며 작업화 안에 용돈을 조금 넣
어놓는 일까지 있었다.

그렇게 2년을 온갖 잔업을 마다하지 않고 간혹 철물업
자들이 넣어주는 용돈까지 챙기며 일을 했으나 빚은 거의
줄어들지가 않았다.

상윤의 국민학교 입학이 다가오는데도 집을 마련하기
는커녕 빚에 쪼들려 변변히 저축조차 하지 못하고 한 달 벌
어 한 달 먹기에도 급급한 일상이 반복되자 성우는 이렇게
는 더 이상 살 수가 없다며 화자에게 중동이라도 다녀오겠

다는 폭탄선언을 했다.

그 즈음 지구촌을 강타한 오일쇼크로 인해 달러를 싹쓸이하다시피 한 중동이 그 돈으로 개발에 열을 올리면서 성우의 전 직장인 조선공사도 이미 사우디아라비아 도로 건설 현장에 진출해 오일 달러를 벌어들이고 있는 실정이었다.

"몇 년만 고생하면 빚 다 갚을 수 있지 않겠나? 우리 집도 장만해야지 언제까지 애들과 한 방에 살 수는 없다 아니가. 진짜 몇 년만 고생하자, 응?"

화자가 곧장 대답을 하지 않자 성우는 며칠을 퇴근 때만 되면 이렇게 보챘다.

뇌수술까지 한 적이 있는 사람을 그 먼 중동까지 보내 돈을 벌어오라고 해야 할까.

지금처럼 빚더미를 안고 생활하면 점점 커가는 아이들 뒷바라지나 제대로 할 수 있을까.

며칠을 고민하던 화자는 친정으로 가 아버지 현제의 의견을 구했고 현제가 "거기도 사람 사는 곳 아니겠느냐"며 동의를 하자 마지못해 성우에게 출국할 방법을 찾아보라고 말했다.

그때부터 성우는 중동으로 갈 수 있는 방법을 찾기 위해 팔방으로 뛰어다녔다.

때마침 12월 들어 해외 취업인력 송출을 담당하는 해외개발공사가 발족하자 성우는 그곳을 통해 중동으로 갈 수 있다고 보고 크레인 조종 주특기로 해외취업 신청을 했다.

막상 신청을 해놓았지만 공사 측에선 언제 가는지, 어디로 가는지에 대해 명확한 답이 쉽사리 나오지 않았다.

접수 현장에서 돈을 줘야 한다는 둥 온갖 소문까지 나돌자 불안해진 성우가 장인 현제의 먼 친지를 통해 몇 번이나 공사 쪽에 선을 달아 넣은 끝에야 세계적 하역회사인 영국 그레이 맥킨지의 사우디아라비아 현장 기술자로 파견될 수 있다는 확답을 얻을 수 있었다.

그레이 맥킨지가 제시한 월급은 550달러.

당시 환율이 1달러에 500원인 점을 감안할 때 27만원이나 되는 거금이었다.

5만원이 채 되지 않는 동국제강의 월급과 비교하면 5배가 넘는 금액이었다.

이 정도면 금세 빚을 갚고 집도 장만할 수 있을 거란 꿈에 부풀어 성우가 하루하루 출국만 기다리고 있을 때 예상치 못한 복병이 등장했다.

"이성우 씨 되시죠? 경찰입니다."

"경찰이라고예? 무슨…일이신지…?"

"일본에 삼촌이 귀화해 살고 있지요?"

"예? 저는 지금 삼촌이 없는데 무슨 말씀이신지요?"

어느 날 불쑥 집으로 찾아온 경찰이 알지도 못하는 삼촌 운운 하며 서류를 하나 내밀었다.

사람 이름과 주소가 세로로 줄줄이 나열돼 있는 서류엔 성우의 부친 극상의 이름 옆에 낯모를 이름이 눈에 띄었다.

그 이름의 주인공이 바로 성우가 얼굴도 알지 못하는 삼촌이라고 경찰은 설명했다.

"이성우 씨 해외 취업 신청 해 놓았지요? 해외 취업 대상은 모두 신원조회를 하는데 신원조회에서 '적요'가 떴어요. 적요가."

적요란 신원조회 과정에서 요주의 사항이 나와 붉은 줄을 쳐졌다는 의미로 해외 출국이나 취업 등이 불가능하다는 뜻이었다.

일본에는 북한과 가까운 재일본조선인총연합회(조총련)가 있었기에 일본에 가까운 친척을 둔 인사들은 북한과 체제 경쟁을 하는 상황에서 함부로 출국시킬 수 없다는 것이 당시 정부의 논리였다.

경찰로부터 신원조회 결과를 통보받은 성우는 어린 시

절 부친 극상으로부터 조부모가 일찍 세상을 뜬 뒤 일본으로 건너간 형이 있는데 지금은 일본에서 일본 여성과 결혼해 일본인처럼 산다는 얘기를 들었던 기억을 어렴풋이 떠올렸다.

성우가 출국하기 위해서는 호적에서 얼굴도 알지 못하는 그 삼촌을 정리하고 가족 관계가 없음을 입증해야 하지만 얼굴도 알지 못하는 삼촌을 당장 찾을 수도 없고 찾는다고 해도 출국이 임박한 시점에 호적을 정리할 시간도 없었다.

출국이 좌절될 위기에 처한 성우가 취할 수 있는 방법은 군 대령급 이상 고위공무원 3명의 연대보증을 받는 것 외에는 남지 않았다.

성우의 사정이 딱해지자 장인 현제는 사돈의 팔촌까지 동원할 수 있는 온갖 인연을 동원해 청와대와 끈이 닿는 인사를 찾아냈고 그 인사를 통해 고위공무원 3인 연대 보증이라는 어려운 일을 성사시켰다.

"정말 어렵게 받은 연대 보증이기 때문에 혹시 사우디 가서 사고를 치면 보증 선 사람들이 곤란할 수 있으니 각별히 조심해야 한다."

보증서를 건네주면서 현제는 걱정스러운 얼굴을 하며

몇 번이나 성우에게 다짐을 받았다.

성우가 실제로 대단한 사고를 칠 것이라고는 생각하지 않았으나 운동을 하면서 자란 성우가 머나먼 타국에서 욱하는 마음에 싸움이라도 휘말릴까 하는 걱정에서였다.

현제의 노력으로 성우가 출국이 가능해지자 화자는 전셋집을 옮기고 싶다고 성우에게 말했다.

조선방직 시절 지인 집에 더부살이하듯 사는 게 아무래도 찜찜한 것 같은 눈치였기에 성우는 "사우디 가서 돈 벌면 되니까 빚을 조금 더 내더라도 옮기자"며 흔쾌히 새 집을 찾아 나섰다.

전세금을 빼고 20만원을 더 빌려 성우네가 옮긴 새 보금자리는 문현동 언덕배기의 9평짜리 단칸방 독채였다.

새로 옮긴 집이 들어서 있는 배정고등학교 아래 달동네에는 판자로 담을 삼아 구획을 나눈 수십여 가구가 좁은 골목을 사이에 두고 계단식으로 빼곡하게 들어차 있었다.

언덕 아래 왕복 4차로 도로 맞은편에는 동해선을 오가는 화물열차 너머로 석탄 공장과 소주 주정 공장, 공장 뒤쪽으로 유유히 흐르는 동천이 눈에 들어왔다.

간혹 탄가루가 날리거나 주정 공장에서 진한 술지개미 냄새가 풍겨오곤 했지만 화자는 아무도 모르는 곳에 새로 보금자리를 찾은 것에 안도하는 표정이었다.

어린 상윤이 외가에 가서 '옷장만한 집'이라고 하는 통에 어색한 웃음으로 분위기를 무마해야 했으나 자신이 사우디에 가 있는 동안 아내와 아이들이 남 눈치 보지 않고 살 수 있는 집이란 생각에 성우에게도 남다른 애착이 가기도 하는 집이었다.

성우는 시간이 날 때마다 고물상을 뒤지며 온갖 재료들을 구해와 작은 집이나마 효율적으로 사용할 수 있도록 보이는 곳마다 선반과 수납공간을 설치하는 등 집 수리에 온 힘을 기울였다.

사우디 출국과 관련한 모든 사안이 확정되고서야 성우는 2월초 동국제강에 퇴사를 하겠다고 통보했다.

선박 고철 압연재 철강재료 상하차 작업 때부터 유심히 성우를 지켜보며 기술을 아껴왔던 박용진 과장은 성우와 헤어지는 걸 무척 아쉬워했다.

"사우디 갔다 와서도 나랑 같이 일해야 한데이. 아무쪼록 몸 건강히 다녀 온나. 그라고…. 목도장 하나 맡기 놓고 가라."

"예. 과장님. 뭔 일입니까?"

"퇴직금하고 상여금 아직 못 받은 거 좀 있는 거 같던데

내가 니 나가고 나더라도 챙겨서 전해 주꾸마.”

전 직장에서 퇴직금 파동을 겪은 바 있던 성우는 자신의 일처럼 퇴직금을 한 푼이라도 더 챙겨주려는 박 과장의 배려가 눈물 나도록 고맙게 느껴졌다.

이런 직장을 그만두고 물 설고 땅 선 뜨거운 사막의 나라 사우디로 갈 수밖에 없는 자신의 처지가 딱해 보이기도 했다.

숱한 시행착오로 인해 영원히 오지 않을 것만 같던 출국의 아침이 마침내 밝았다.

상윤과 연주를 외가에 맡겨 놓고 전날 서울로 올라와 여인숙에서 화자와 하루를 묵은 뒤 김포공항 출국장으로 향하는 성우는 만감이 교차했다.

“독일 뒤셀도르프 가는 분은 이쪽으로 오세요. 남녀 구분 없이 일단 줄을 서 보세요.”

“자, 여기는 사우디 제다로 가는 분들 줄입니다. 사우디 제다 가는 분 모이세요.”

출국장은 시장통을 연상케 할 정도로 시끄러운 소음이 가득했다.

먼 길을 떠난다는 표시와도 같은 커다란 짐꾸러미를 하나씩 짊어지고 나타난 사람들이 어디로 갈지를 몰라 우왕

좌왕 하고 있는 사이로 항공사 직원인 듯한 사람들이 나와 매직으로 행선지를 휘갈겨 쓴 종이를 들고 고함을 지르고 있었다.

독일 뒤셀도르프가 행선지로 적힌 종이 앞에 늘어선 남녀들은 광부와 간호사로 파견을 가는 인력인 듯 보였다.

한동안 독일에서 인기를 끌었던 광부와 간호사는 외국인 노동자로 인한 자국 노동시장 교란을 우려하는 독일 내 정서로 인해 그 즈음엔 조금 시들해지긴 했어도 여전히 중요한 외화벌이 일자리였다.

'Jeddah'

삐뚤빼뚤 알파벳으로 적힌 종이 앞에 성우가 줄을 서기 위해 발걸음을 옮기기 시작하자 화자는 눈시울을 손으로 누르며 성우와 마지막 인사를 나눴다.

"몸 조심히 다녀오이소. 더운 데라니까 뭐든지 잘 챙겨 먹어야 한답니더. 당신 몸이 제일 우선이예요. 애들 걱정은 말고…."

뇌수술을 받은 적 있는 몸으로 남편이 뜨거운 열사의 땅에서 잘 버틸 수나 있을지 온갖 걱정이 앞서면서도 혹여나 성우의 떠나는 발길이 무거울까 웃음을 지으려 애쓰는 화자였다.

그런 화자를 뒤로 하고 중동행 대한항공 비행기에 몸을 실은 성우는 입술을 깨물며 다시 각오를 다졌다.

'남들처럼 잘 살지는 못해도 다시는 남한테 손 벌리지 않고 살 수 있도록 사우디 가서 죽지만 않는다면 무슨 일이라도 다 하리라.'

중동행 대한항공 비행기는 보잉 747 점보 여객기였다.

성우가 사우디로 가던 해에는 도입 3년이 다 돼 가던 시기였으나 보잉 747은 대한항공이 일본항공과 함께 아시아를 대표하는 2대 항공사로 발돋움할 수 있도록 해 준 상징적인 기종이었다.

6층 건물 높이에 길이만 70m에 이르는 보잉 747 기종은 동체가 날개에 비해 유독 크게 보이도록 설계돼 코끼리를 닮았다는 얘기를 많이 들으며 점보 여객기라는 애칭으로 불렸다.

태어나서 처음으로 비행기를 타 보는 성우는 점보 여객기의 어마어마한 크기에 놀라면서 주위를 두리번거렸다.

줄잡아 400석은 돼 보이는 비행기 안에는 50여 명의 외국인을 제외하고는 한국인들만 빼곡하게 자리를 잡고 있었다.

성우는 이들 모두 사우디에서 달러벌이로 새로운 기회

를 잡아야만 하는 저마다의 사연으로 비행기에 올라 자신처럼 마음이 착잡할 것이라 생각했다.

활주로로 서서히 진입한 비행기가 엔진 출력을 높이는 것과 동시에 드디어 한국을 떠나는가 싶은 마음에 성우의 심장도 크게 뛰기 시작했다.

몸이 좌석에 달라붙는 느낌이 들면서 비행기가 앞으로 튀어나가자 역시나 성우처럼 처음 비행기를 타는 이들이 내뱉는 것 같은 감탄의 소리가 들리는가 싶더니 잠시 후 창밖으로 솜털 같은 구름이 깔려 있는 모습이 눈에 들어왔다.

"사우디 가시는교? 인사 함 하입시더. 난 조덕재라고 합니다."

옆에 앉은 20대 후반으로 보이는 사내가 창밖으로 눈을 고정시킨 채 말 없이 앉아 있던 성우를 향해 손을 내밀며 억센 억양으로 말을 걸어왔다.

"아, 예. 이성우라 합니다. 부산 분이십니까?"

"안 그래도 부산에서 쭉 같이 올라온 거 같아서 낯이 많이 익던 참이었네예. 앞으로 잘 지내 보입시더."

고향 사람을 만났다는 반가운 마음에 이런 저런 얘기를 나누다 보니 성우는 어느새 비행기의 압도적으로 낯선 분위기에도 적응이 되는 듯했다.

어떻게 먹어야 할지 몰라 난감해 하던 기내식도 덕재와 함께 말을 나누며 눈치껏 따라 먹으니 재미가 느껴지기도 했다.

그렇게 김포공항을 떠난 성우 일행은 비행기가 장거리 운항을 위한 주유지로 중간 기착한 대만에서 공항에 잠시 머물렀다.

공항에 전시된 대만의 국보급 보물을 구경하며 시간가는 줄 모르고 돌아다니던 성우 일행은 주유를 마친 대한항공 비행기에 다시 탑승했다.

그때부터 비행기는 태양이 지는 쪽을 향해 끝도 없이 날아가기 시작했다.

15시간 동안 사우디를 향해 서쪽으로 날아가는 비행기 창밖으로는 지지 않는 석양만 계속 이어지고 있었기에 성우 일행은 어느덧 시간 감각을 잊고 말았다.

낮인지 밤인지 구별이 되지 않는 시간 속을 헤매다 비행기가 도착한 공항에 무작정 내리고 보니 그곳은 사우디 바로 오른쪽 옆에 위치한 섬나라 바레인이었다.

사우디로 간다더니 왜 바레인에 도착했는지 물어볼 사이도 없이 항공사 직원은 성우 일행을 쌍발 프로펠러가 달린 비행기 쪽으로 곧장 안내했다.

"사우디에 대한항공이 바로 들어갈 수가 없어 여기서부터는 바레인항공을 이용해야 한답니다. 불편하더라도 좀 이해해 주세요."

내부가 마치 시골 버스를 연상케 하는 쌍발 프로펠러 비행기는 찌거덕거리는 엔진소리부터가 심상치 않아 300명이 넘는 성우 일행을 태우고 과연 제대로 뜰 수나 있을지 의심스러울 정도였다.

성우 일행을 불안과 두려움으로 몰아넣은 공포의 비행은 다행히 15분만에 끝나 성우 일행은 사우디 동해안 가운데쯤에 자리잡은 담맘의 공항에 무사히 도착할 수 있었다.

여기에서 성우 일행은 한 번만 더 비행기를 갈아타고 나면 최종 목적지인 제다로 갈 수 있었으나 그 한 번의 비행기 탑승이 결코 쉬운 일이 아니었던 것이다.

무려 7일을 담맘 공항에서 노숙자 취급을 당하며 하염없이 기다린 끝에야 성우 일행은 겨우 제다행 비행기에 몸을 실을 수 있었다.

성우 일행이 그 비행기에 탈 수 있었던 것은 사우디 현지 항공사가 고장으로 회항한 비행기를 수리한 뒤 처음으로 재운항에 나선 참이었기 때문이었다.

아랍인들이 고장 수리 비행기 탑승을 꺼리며 새치기를 아무도 하지 않는 바람에 성우 일행에게 탑승의 기회가 돌아온 것이었다.

비행기는 이륙을 위해 동력을 아끼는지 바깥 기온이 한국의 한여름을 웃도는데도 에어컨도 켜지 않은 채 활주로로 접어들고 있었다.

며칠을 공항에서 노숙하느라 제대로 씻지도 못한 성우 일행은 목 언저리에 때와 땀이 엉켜 흐른 자국이 선명할 정도로 기내를 질식하게 하는 더위에 지쳐 숨을 헐떡이고 있었다.

공항에서는 섭씨 40도를 오르내리는 기온에도 불구하고 습도가 낮아 땀이 금세 말라붙으면서 무더위를 느낄 겨를이 없었으나 밀폐된 비행기 안은 습도가 올라가며 찜통으로 변해 있었던 것이다.

수리를 마친 뒤 힘에 부치는 듯 유달리 큰 엔진 소리를 내면서 이륙한 비행기가 안정적으로 고도를 유지하며 수평을 이루자 그제서야 에어컨이 들어오기 시작했다.

성우는 그 에어컨 바람만으로도 지옥 같았던 담맘 공항에서의 생활에 마침표를 찍고 드디어 천국에 오른 것만 같은 기분을 느꼈다.

하지만 곧이어 비행기 창밖으로 이글이글 열기를 뿜어내며 끝도 없이 이어지는 사막의 모습이 눈에 들어오자 성우는 열사의 땅에 도착한 사실을 실감하며 온 몸의 신경이 긴장으로 조여드는 느낌을 받았다.

주사

"아니, 애가 열이 이렇게 나도록 병원 안 오고 뭐 하신 겁니까?"

다급한 표정으로 뛰어온 의사는 다짜고짜 체온의 주인공이 일곱 살배기 아이인 것을 알아채고는 옆에 서 있는 화자를 향해 이렇게 소리를 질렀다.

50대 초반의 의사는 동네 의원급 병원이 늘 그렇듯이 감기나 몸살 따위로 줄지어 선 환자들을 심드렁하게 진료하다 체온이 42도를 넘어서는 환자를 접하고 화들짝 놀란 것이었다.

"언제부터 열이 이렇게 났습니까? 열이 이 정도면 까딱하면 머리 속에 골이 익어삐요."

"몰라예. 애가 병원에 가기 싫다고 버티는 바람에 이 정도인 줄 정말 몰랐습니더."

화자는 갑작스런 의사의 질책성 질문을 받고는 심장이 멎는 듯한 죄책감을 느끼며 울고 싶어졌다.

동생 순호에게 맡겨 놓고 집에 두고 온 딸 연주 걱정만 하며 상윤을 데리고 병원으로 올 때만 해도 상윤이 감기 몸살을 심하게 앓고 있을 거라는 생각 정도만 했었다.

그날따라 병원에 늘어선 환자가 많아 1시간 동안이나 줄을 서 대기하고 있으면서도 화자는 상윤이 밥을 제대로 먹지 못해 너무 힘이 없어 보인다고 생각하고 집에 가면 억지로라도 밥을 먹여야겠다고만 생각했다.

그런 상윤의 체온이 머리 속 뇌가 익을 만큼 높다는 의사의 말은 화자에겐 마른 하늘에 날벼락이나 마찬가지였다.

"어, 어떻게 해야 합니꺼. 선생님, 어떻게 해야 합니꺼."

화자가 울먹이며 의사에게 매달리자 의사는 난감한 표정을 지으며 "일단 몸 어디에 이상이 있는지 전부 살펴봐야 한다"고 말했다.

축 늘어진 상윤을 들어 침대에 눕힌 의사는 다급히 간호사와 함께 상윤의 옷을 벗기기 시작했다.

동국제강의 박용진 과장이 화자를 찾아온 것은 성우가 출국한 지 보름 쯤 지났을 때였다.

성우가 추가로 받을 수 있는 약간의 퇴직금과 상여금이 있을 거라는 얘기는 해놓고는 갔으나 이렇게 직접 찾아와서 퇴직금과 상여금을 챙겨 주는 박 과장을 보면서 화자는 성우가 자신이 보지 못하는 곳에서 직장 생활을 열심히 한 것 같아 마음이 뿌듯했다.

사고로 조선공사를 그만두고 퇴직금 수령 건으로 회사

를 발칵 뒤집어 놓았다는 얘기를 전해 들었을 때와는 전혀 다른 느낌이었다.

화자는 공항에서 헤어지며 굳은 표정으로 탑승구로 향하던 성우의 뒷모습을 떠올리며 사우디에서도 동국제강에서처럼 원만히 일 잘 하고 돌아오기를 빌고 또 빌었다.

화자가 마음 속으로 매일 성우와 함께하는 그 시간, 아들 상윤은 다른 방식으로 성우와 함께하고 있었다.

상윤은 오늘도 방 구석에서 나무토막을 가지고 이리저리 쌓고 있었다.

만들어진 지도 3년이 넘은 나무토막은 손때가 묻어 각진 모서리가 부드럽게 닳거나 반질반질한 윤을 내는 면이 두드러져 보이는 것들이 많았다.

새끼손가락 크기로부터 손가락 세 개 크기까지 크기와 모양이 다양한 나무토막은 성우가 상윤과 연주를 위해 만들어 준 장난감이었다.

한나절 동안 고물상을 뒤져 찾은 질 좋은 나무를 줄톱으로 200여 토막 잘라내 만든 이 장난감의 여러 면에는 성우가 직접 새겨 넣은 숫자가 선명했다.

같은 숫자끼리 면을 맞춰 배열하면 마치 퍼즐 조각이 맞춰지듯 원래 형태의 나무로 합체가 되는 이 장난감으로 상윤과 연주는 수를 배웠다.

상윤은 퍼즐 맞추기보다 크기가 같은 작은 나무토막을 줄지어 세운 뒤 손가락으로 튕겨 차례로 쓰러뜨리는 놀이를 더 좋아했다.

그러다 국민학교를 입학할 무렵부터는 나무토막 장난감이 시시하다고 내팽개친 상윤이 요즘 들어 다시 그걸 꺼내 들고는 하루 종일 그것만 가지고 놀고 있었던 것이다.

딱히 갖고 놀 게 없어서 그런가 보다고 생각하던 화자는 어느 날 상윤이 아버지를 찾는 모습을 보고는 가슴이 먹먹해졌다.

"어머이, 아버지 언제 오시는데예?"

아버지가 돈을 벌기 위해 멀리 가셨다는 말은 이미 수차례나 들었던 터였지만 상윤은 그 아버지가 며칠 밤만 자고 나면 올 것이라 생각한 모양이었다.

성우가 간 곳이 며칠 밤만 지나면 쉽게 올 수 있는 곳이 아니라는 사실을 어떻게 설명해야 할지 난감해진 화자는 상윤에게 직업군인이 된 시동생 은우에 빗대 설명했다.

"은우 삼촌 있제? 삼촌은 나라 지킨다고 잘 못 오잖아. 아버지는 우리 가족 지키기 위해 멀리 가셨기 때문에 금방 못 온다. 남자인 니도 다음에 가족 지켜야 하니까 꼭 참고 아버지 기다려라, 응?"

상윤은 머리로는 대충 알아듣는 듯한 표정을 지었으나 마음까지 다잡을 수 있을 정도의 나이는 아니었기에 시무룩하게 성우가 만들어 준 나무토막을 만지는 날이 더욱 많아졌다.

학교에서 친구들과 얘기하다 주말에 아버지와 놀았다는 친구의 얘기를 듣고 온 날이면 더욱 나무토막에 집착하는 듯 보였다.

"상윤이 쟤 맨날 나무토막만 가지고 논다. 아버지 때문인지 몰라도 마음 아파 죽겠어."

형부가 사우디로 간 뒤 처음 언니의 집을 찾은 순호 앞에서 화자는 속상한 듯 이렇게 말했다.

순호는 혼수 물목을 빼곡하게 적은 종이만 내밀고 결혼하겠다며 집을 찾아온 기승과 결국 결혼을 했다. 언니 화자가 결혼하고 난 직후였다.

기승은 결혼으로 인해 대학 진학 시기를 놓친 뒤 대학 진학을 포기하고 군 문제부터 해결하고는 서면에서 세무사 사무실을 열었다.

타고난 배포에다 현란한 화술, 엄청난 주량까지 갖춘 기승은 사무실을 열자마자 마치 진공청소기처럼 서면 일대

세무 일거리를 쓸어담기 시작했다.

결혼한 지 7년도 채 되지 않은 그 즈음 기승은 현제의 집을 찾아가 제시했던 종이에 적힌 혼수 물목 대부분을 스스로의 힘으로 순호에게 안겼다.

"언니야, 내가 다음에 올 때 상윤이 장난감 좋은 거 하나 사 올게. 좋은 장난감 생기면 애가 안 저럴 거야."

사흘 뒤 다시 오겠다는 말을 남기고 순호가 집으로 돌아간 날 밤 상윤의 몸이 불덩이 같다는 사실을 깨달은 화자는 밤새 수건에 물을 적셔 아이의 머리를 쓰다듬었다.

잠시 내리는 듯하던 상윤의 열은 이튿날이 돼도 말끔히 가시지 않고 오르락내리락 하고 있었다.

걱정이 된 화자가 병원에 가 보자고 해도 상윤은 주사가 무섭다고 울면서 병원 가기를 한사코 거부했다.

나무토막을 대신하라며 철제와 플라스틱으로 된 조립형 장난감 '에디슨 상자'(이후 과학상자라는 이름으로 다시 출시돼 지능개발에 도움이 되는 조립형 장난감으로 선풍적인 인기를 끌었다)를 들고 화자의 집을 찾은 순호는 상윤의 눈빛이 이상한 걸 발견하고는 화자를 보챘다.

"애 눈이 이상해. 어디 아프나? 열이 심한 거 같은데 빨리 병원 데려 가."

"애가 병원에 안 가겠다고 하도 고집을 부려서…."

화자의 말에 순호는 상윤의 이마를 쓰다듬으며 달래기 시작했다.

"상윤아, 봐라. 에디슨 상자다. 갖고 놀고 싶어? 그러면 병원에 다녀 오자. 착하지?"

힘없이 늘어져 있다 겨우 초점을 맞춘 상윤은 그제서야 고개를 끄덕였고 화자는 그런 상윤을 업고 문현동 언덕배기를 엎어질 듯 뛰어 내려갔다.

상윤의 몸을 살피던 의사는 왼쪽 무릎이 열감을 보이면서 오른쪽 무릎보다 많이 부어 있는 것을 발견했다.

무릎 한 가운데에 난 조그만 상처자국을 발견한 의사는 간호사에게 메스를 가져오라고 지시했다.

의사는 상윤의 무릎에 난 상처자국을 메스로 열십자 모양으로 절개한 뒤 핀셋으로 의료용 솜을 집어 상처 안쪽에서 흘러나오는 고름을 닦아내기 시작했다.

한참을 그렇게 고름을 닦아낸 뒤 상처를 다시 봉합한 의사는 간호사에게 정맥주사를 놔야 한다고 말했다.

처치실 밖에서 애를 태우며 기다리던 화자는 상윤이 무슨 중병이나 걸린 건 아닌지 가슴을 졸이다 의사가 밖으로 나와 정맥주사 얘기를 하자 그제서야 의사에게 물었다.

"정맥주사예? 정맥주사는 왜예?"

"애가 독충에 무릎을 물린 거 같습니다. 일단 무릎에 찬 독기운은 다 뺐는데 몸에 독이 퍼졌을 수 있으니 혈관에 직접 해독제를 넣을 수 있도록 정맥주사를 맞아야 합니다."

독충이라니?

문현동 언덕배기에 자리잡은 집이 낡다고는 생각했지만 설마 낡은 집에서 독충에 물릴 수 있으리라고는 생각도 못한 화자는 놀란 마음에 가슴이 덜덜 떨렸다.

"무릎은 괜찮겠습니까? 걷는 데는 문제 없을까예?"

의사는 열 내리는 것이 가장 중요하므로 정맥주사를 맞은 뒤 열이 내리면 무릎 상태를 다시 한 번 보자고 말했다.

아이 팔뚝만큼이나 굵고 큰 주사기를 간호사가 들고 오자 상윤은 깜짝 놀라 울기 시작했다.

그런 상윤의 얼굴을 끌어안고 주사기를 보지 못하도록 화자가 진정을 시키는 사이 간호사는 능수능란한 동작으로 상윤의 팔에 주사기를 꽂았다.

주사기가 워낙 크다 보니 약물이 다 들어가는 데에는 한참의 시간이 걸렸다.

화자와 상윤은 그 시간이 마치 1시간이나 되는 것처럼

길게 느껴졌다.

정맥주사를 다 맞고 나자 상윤의 열은 거짓말처럼 내리기 시작했다.

열이 내리자 상윤의 몸을 다시 살펴본 의사는 통원치료를 통해 검사를 계속해 봐야 정확한 상태를 알 수 있겠지만 일단은 뼈 속까지는 독이 퍼지지 않은 것 같아 무릎에 큰 문제는 없을 것 같다고 말했다.

걷는 데는 지장이 없을 것이라는 의사의 말에 안심을 하면서도 상윤을 업은 채 집으로 돌아가는 화자의 마음은 한없이 쓰라렸다.

어느 정도는 피할 수 없을 것이라 예상했지만 상윤이 성우의 결핍을 아프도록 절실히 느끼고 있다는 사실이 쓰라렸고 그런 상윤이 독충에 물려 생사를 넘나들기까지 했다는 사실이 더 쓰라렸다.

성우가 곁에 있었다면 이런 일이 안 일어나지 않았을까….

문현동 언덕배기의 가파른 경사가 그날따라 화자의 발걸음을 더욱 무겁게 하고 있었다.

연주까지 독충에 물릴까 두려웠던 화자는 집으로 가는 길에 온갖 종류의 살충제를 구입해 순호와 함께 집 구석구석에 뿌리며 남몰래 눈물을 지었다.

개러지

"어, 어, 저거 넘어간다. 모두 피해!"

누군가 지르는 소리에 고개를 돌린 성우는 앞으로 고꾸라지는 크레인을 보면서 재빨리 왼쪽으로 몸을 피했다.

크레인은 유압식 붐이 휘어지며 운전석까지 출렁인 뒤 화물의 무게를 이기지 못하고 앞으로 처박혔다.

다행히 운전을 하던 덕재는 크게 다치지 않았으나 크레인은 붐이 부러지면서 폐차장으로 가야 하는 신세가 됐다.

어제 첫 작업에서도 운전자가 타자마자 크레인 붐이 휘어지며 전복돼 폐차를 해야 할 정도의 사고가 발생했기에 이틀만에 벌써 크레인 2대가 크게 부서지는 손해를 당한 그레이 맥킨지 회사 측은 당장 한국인들의 기술을 의심하기 시작했다.

"코리아 넘버 텐! 우, 우!"

전날 사고 이후 한국인을 만나는 영국인들마다 엄지 손가락을 아래로 향한 채 주먹을 쥐고 야유를 퍼붓기도 했다.

한국인들이 부지런하고 일도 잘 하는 것으로 알려져 '넘버 원'인 줄 알았더니 오자마자 기계를 부수는 사고를 저지르니 '넘버 텐', 즉 꼴찌라는 의미였다.

같은 부산 출신으로 급격히 가까워져 호형호제하는 사이가 된 덕재와 성우는 첫날 사고 이후 "이러다 한국 기사들 전부 일거리 배정도 못 받고 고향으로 쫓겨 가는 거 아니냐"며 불안해했다.

둘째날 덕재까지 사고를 일으키자 영국에 유학을 한 뒤 그레이 맥킨지에 취직해 회사 측 통역 겸 관리감독을 맡고 있는 30대 중반의 한국인 명준이 성우에게 다가와 고개를 갸웃거리며 말했다.

"한국에서 뛰어난 기술자들을 제법 데려왔다고 하던데 도착하자마자 이게 무슨 일입니까. 이런 식이면 한국인들 쓰겠다는 현장은 찾을 수가 없어요."

"조종 방식엔 아무런 잘못이 없는 것 같은데 이상하네요. 내가 한 번 타 보고 기계가 이상한지 우리가 배운 게 이상한지 알아보면 안 될까요?"

성우가 자신의 차례가 되기도 전에 크레인에 오르겠다고 얘길 하자 명준은 마뜩찮은 표정을 지으며 "그러다 또 사고 나면 정말 분위기 험악해져요"라고 고개를 저었다.

"한 번만, 딱 한 번만 타보고 얘기하입시다, 예?"

한참 성우를 뚫어져라 쳐다보던 명준은 혀를 차면서 "그럼 이번에도 사고 나면 당신이 책임지는 겁니다"라고 못을 박았다.

어떻게라도 사고 원인을 찾아 일거리 확보를 해야 하는

개러지

절박한 상황이라 성우는 해보겠노라며 명준에게 크레인 한 대를 내달라고 했다.

화물이 실릴 트럭이 앞에 놓인 크레인으로 오르는 성우의 눈에 들어온 것은 크레인 붐에 선명하게 새겨진 'KATO'라는 일본 회사의 이름이었다.

성우 일행이 담맘 공항을 탈출하다시피 해 도착한 제다는 생각한 것처럼 약속의 땅이 돼 주지 못했다.

항공사 직원의 설명으로는 도착하면 그레이 맥킨지 측이 제공하는 호텔에서 짐을 풀고 당분간 호텔에 머무르며 생활을 하게 된다고 했으나 성우 일행이 회사에서 제공한 버스에서 내리며 마주한 것은 모래 먼지가 풀풀 날리는 임시 천막이었다.

천막 앞에는 성우 일행을 맞이하기 위해 나온 영국인들과 통역 최명준이 선글라스를 낀 채 'Welcome to Jeddah'라고 적힌 플래카드 앞에서 자리를 잡고 있었다.

"담맘에서는 고생했지요? 이곳 항공편 연결이 원활하지가 않아서 유감입니다. 호텔로 모셔야 하는데 여러분들이 제 시간에 도착을 못 해서 호텔 측이 다른 사람을 받고 말았습니다. 지금 새로 숙소를 짓고 있으니까 불편하시더라도 당분간 여기에서 조금만 참아 주세요."

명준이 영국인을 대신해 통역을 하며 전달하는 말이 영국인들의 진심인지는 알기 어려웠으나 담맘 공항에서 어처구니없는 대우를 받던 성우 일행은 순순히 천막 안으로 들어가 짐을 풀었다.

천막은 3명씩 함께 쓰도록 나뉘어 있었고 다행히 성우와 같은 천막에 배치를 받은 이는 비행기에서 줄곧 인사를 나눈 덕재와 경북 출신의 30대 초반 최깡다구라는 별명의 사내였다.

덕재가 성우를 형님으로 부르며 호의를 보인 반면 크램쉘(조개 모양으로 생긴 큰 삽을 단 특수 작업 크레인 장비)을 전문적으로 몰았다는 최깡다구는 자신이 최고의 크레인 기술자라는 자부심으로 똘똘 뭉쳐 조선공사에서 크레인으로 이름을 날렸다는 성우에게 경쟁심을 드러냈다.

임시 천막에는 간이 침대 3개와 16인치 선풍기 한 대만 비치돼 있을 뿐이어서 그야말로 임시로 사용하겠다는 회사 측의 의지가 분명해 보였다.

높이도 키가 그다지 크지 않은 성우가 섰을 때에도 머리가 닿을 만큼 낮아 갑갑한 느낌을 주는 데다 통풍이 원활하지 않아 한낮에는 더위로 인해 숨을 쉬기도 어려울 지경이었다.

성우 일행을 또 다른 의미로 힘들게 한 것은 이동식 구조물로 만들어 놓은 화장실이었다.

씻을 수 있도록 샤워시설까지 구비돼 있었지만 그곳은 늘상 가까운 임시 천막촌에 거주하는 인도와 파키스탄 노동자들이 점거하다시피 하는 곳이었다.

화장실을 본래(!) 용도로만 사용하는 한국인들과는 달리 이들은 거기에서 그들 문화의 한 측면인지는 몰라도 겨드랑이와 성기 주변의 털을 밀거나 뽑는 등 이상한 행동을 자주 했다.

이 때문에 화장실에는 항상 인도와 파키스탄 노동자들이 붐볐고 이들이 오랫동안 화장실을 사용하는 바람에 뒤에 줄을 서 있다가 어렵사리 화장실에 들어간 한국인들은 정체불명의 털이 잔뜩 날리는 모습을 보면서 기겁을 하곤 했다.

임시 천막 안에 짐만 대충 풀어놓은 성우 일행은 제다 도착 다음 날 앞으로 일하게 될 제다항의 그레이 맥킨지 개러지(모터풀의 영국식 표현. 크레인이나 트레일러 지게차 등 하역 장비를 모아놓은 곳)에 집합하라는 지시를 받았다.

그레이 맥킨지는 영국에 본사를 둔 하역 전문 회사로서

항만 상하차 작업 및 수송 등의 분야에서 세계적인 명성을 누리고 있는 회사였다.

대부분의 중동지역 항만이 아직 태동기를 맞아 개발과 하역을 동시에 진행하고 있는 상황이어서 그레이 맥킨지 같은 회사를 크게 필요로 하고 있었다.

성우 일행은 그 그레인 맥킨지에 파견된 한국인 기술자로서 제다 항의 하역 작업과 각종 개발 현장에 투입될 예정이었다.

개러지에 모인 성우 일행의 주특기를 파악한 그레이 맥킨지 측은 지게차에는 한 명씩을, 크레인에는 두 명씩을 각각 배치했다.

크레인 한 대를 한 명이 모두 운행하는 한국과는 달리 이곳에서는 상부 운전자와 하부 운전자로 나눠 원리원칙대로 운행하고 있었던 것이었다.

성우와 덕재, 최깡다구 등 임시 천막 한 식구는 모두 크레인이 주특기였기 때문에 크레인 운행반에 배차가 됐다.

문제는 크레인 운행반 배차과정에서 발생했다.

작업 현장의 수요에 따라 배차를 받아 매일 출근하는 방식이어서 크레인 운행반에 새로 배치된 100여 명을 배차하는 도중 크레인을 실제로 현장에서 한 번도 몰아보지 못한 인원이 10명 가까이나 된다는 사실이 드러난 것이었다.

성우는 도대체 이런 인력이 어떻게 인력 송출 과정에서 걸러지지 않았는지 이해를 할 수가 없었다.

해외개발공사 인력 송출 지원 과정에서 돈을 주면 빨리 인력 송출이 될 수 있다는 소문이 나돌던 것이 헛소문만은 아니었을 것 같다는 생각이 스치는 순간 통역 담당 명준이 성우 일행 곁으로 다가왔다.

명준은 말문이 막히는 듯 크레인 경력이 많다는 성우 일행에게 "한국에선 크레인 면허를 어떻게 내 주기에 이런 겁니까"라며 강한 불만을 표시했다.

다급한 김에 성우는 "한국에선 혼자서도 크레인 몰았으니 일단 조종이 능숙한 인원에 초보들을 붙여 조를 짜면 별문제는 없을 것"이라고 말했다.

드디어 제다 항의 하역작업에 투입된 성우 일행은 한 번도 구경하지 못한 크레인을 접하고는 잠시 주춤해야 했다.

한국에서 몰았던 격자 형태의 고정 붐을 가진 크레인이 아니라 유압식으로 붐이 늘어났다 줄어드는 형태의 크레인이 대부분이었기 때문이었다.

일본 카토사가 제작한 유압식 붐 길이 조절형 크레인은 고정 붐 크레인에 비해 작업 환경 변화가 심한 곳에서 가벼운 화물을 옮기는 데 적합한 크레인이었다.

당시 국내에선 구경도 하기 힘든 장비였기에 성우 일행은 잠시 주춤했으나 크레인 모양은 달라도 기본 원리는 같을 것이라는 생각에 별 문제는 없을 것이라고 보고 이내 크레인에 다가갔다.

제1조로 현장에 투입된 것은 성우와 함께 천막을 쓰는 최깡다구였다.

역시나 본인이 크레인에 대해서는 가장 일가견이 있다고 명준을 통해 영국인들에게 어필했을 게 분명해 보였다.

실력을 인정받으면 돈 되는 잔업에 더 배치해 줄 것이라는 믿음이라도 있는지 최깡다구는 누구보다도 자신의 실력을 과시하고 싶어 하는 듯했다.

최깡다구는 처음 작업을 한다는 점이 고려돼 비교적 경험이 있는 운전자와 한조가 돼 크레인 운전대에 올랐다.

항구에 정박된 선박에서 벌크 화물을 들어내 트럭에 옮겨 싣는 것이 최깡다구에게 주어진 일이었고 나머지 인력들은 그런 최깡다구의 작업을 보며 현장을 익히도록 주변에 배치됐다.

최깡다구가 벌크 화물을 붐에 매달고 들어 올린 뒤 크레인을 회전시켜 트럭으로 옮기려는 순간 갑자기 붐이 휘청

거리며 크레인 뒤쪽이 들리기 시작했다.

지켜보던 이들이 모두 숨을 죽이는 가운데 크레인 붐이 크게 휘면서 크레인 몸체까지 균형을 잃고 앞으로 처박혔다.

크레인이 급히 쓰러진 것은 아니었기에 최깡다구와 보조 운전자는 다친 곳이 별로 없었으나 크레인은 붐이 부러지면서 폐차를 해야 할지 모르는 상태가 되고 말았다.

최깡다구는 크게 부서진 크레인 옆에서 울상이 돼 어쩔 줄을 모르고 서 있었다.

성우와 덕재가 다가가 위로를 했지만 작업 첫날 발생한 이 사고는 두고두고 최깡다구를 괴롭혔고 시일이 흐른 뒤에는 조기 귀국을 할 수밖에 없는 처지로 그를 몰아가게 된다.

영국인들이 고개를 절레절레 흔들고 사고가 난 현장 수습을 위해 고정식 격자 붐을 가진 대형 크레인이 투입되는 등 난리가 난 끝에 그날은 그렇게 저물었다.

급히 현장이 정리된 이튿날 다시 작업이 시작되자 이번에는 덕재가 크레인에 올라갔다.

최깡다구가 전날 했던 것과 같은 방식으로 벌크 화물을 선박에서 들어 올려 회전을 하는 순간 마치 똑같은 비디오

화면을 틀기나 한 듯이 붐이 휘어지며 크레인 뒤가 들리기 시작했다.

　일본 카토사가 제작한 유압식 붐 조절 크레인에 처음 앉아 보는 성우는 조선공사에서 처음 천정크레인에 앉았을 때의 기억이 되살아나는 듯했다.

　그 크레인에서 사고를 당해 인생이 크게 바뀌고 말았지만 그래도 크레인 조종석에 앉을 때면 언제나 처음 천정크레인 조종석에 앉았을 때의 느낌이 새록새록 들곤 했었다.

　처음 천정크레인을 조종할 때의 기분처럼 심호흡을 하고 조종간을 움직이던 성우는 붐이 화물을 들어 올리는 순간 크레인의 무게중심이 무너지고 있다는 걸 직감적으로 깨달았다.

　유도로 오래 다져진 성우의 몸은 크레인이 회전할 때 무게중심이 무너지는 느낌이 상대의 허벅다리 후리기로 허벅지가 들리면서 앞으로 고꾸라질 때의 느낌과 비슷하다고 본능적으로 파악한 것이다.

　이대로 화물을 옮기다간 무게중심이 무너져 크레인이 화물에 한판 패를 당할 수밖에 없다는 걸 알게 된 성우는 조종을 멈추고 크레인에서 내려와 급히 명준을 찾았다.

　　　　　　　　　　　　　　　　　개러지

"이대로 운전하면 또 다시 사고가 날 수밖에 없습니다."

"무슨 소립니까? 당신들이 오기 전까지 잘 운행하던 크레인이었어요."

"무게 중심이 달라요. 뭔가 영국인들이 미처 설명하지 못한 게 있는 거 같은데요. 크레인 제원이나 특성을 알 수 있는 자료가 있을까요?"

멍하니 성우를 바라보던 명준은 발길을 돌려 영국인 회사 관계자에게 다가가더니 잠시 후 영어가 잔뜩 적힌 가이드북 같은 것을 가지고 왔다.

성우는 영어엔 자신이 없었으나 그림과 사진이 빼곡하게 들어찬 가이드북을 유심히 살피다가 명준을 보고는 대뜸 이렇게 외쳤다.

"아웃트리거!"

"뭐요? 뭔 소리요?"

"아웃트리거를 설치해야 했던 겁니다. 아웃트리거를. 그것도 모르고…."

아웃트리거란 크레인 바깥 쪽으로 발을 연장해 크레인을 바닥에 고정시킬 수 있는 장치를 뜻하는 말이었다.

유압으로 붐 길이를 조정할 수 있는 카토사의 크레인은 가벼운 화물 작업엔 무리가 없으나 화물이 특정 무게를

넘어서면 아웃트리거를 설치해 무게중심을 낮춰줘야만
했다.

삼발이 다리를 더 벌림으로써 지지할 수 있는 무게를 늘
리는 것과 같은 이치였다.

격자 구조의 고정식 붐 크레인만 조종하다 유압식 길이
조정 붐 구조의 크레인을 처음 접해 본 한국인 기술자들이
무게중심이 높은 카토사의 크레인 특성을 이해하지 못하
고 한국에서 하던 식으로 작업을 하다 크레인이 전복된 것
이었다.

성우가 명준에게 부탁해 아웃트리거를 설치한 뒤 카토
사 크레인으로 작업을 하자 작업 초반 격자식 고정 붐 크레
인에 익숙한 성우의 조작에 약간 휘청이는가 싶던 크레인
은 아무 이상 없이 작동을 했다.

이 모습을 지켜보던 영국인 관계자 무리들 속에서 콧수
염을 기른 40대 초반의 키 큰 백인이 성우 앞으로 다가왔
다.

짙은 선글라스를 끼고 있어 표정을 알 수 없는 그 백인
은 명준의 통역에 의하면 이렇게 말했다.

"나는 장비 책임자 모케트라는 사람인데 아웃트리거 설
치는 우리도 거의 하지 않던 거여서 처음 봤다. 그동안 무

게가 가벼운 화물만 작업을 해 와서 잘 몰랐던 것 같다. 당신은 크레인 관련 지식이 많은 것 같으니 앞으로 크레인 장비 관련 교육을 좀 맡아 달라."

그날 이후 성우는 작업 틈틈이 한국인 동료 기술자뿐만 아니라 외국인 노동자들에게도 크레인 장비 관련 교육을 도맡아 하게 됐다.

딱히 돈을 더 받고 하는 일이 아니었으나 작업이 제대로 되지 않아 욕을 먹을 경우 한국인 누구라고 욕을 먹는 게 아니라 한국인 전체가 싸잡아 욕을 먹을 수밖에 없기에 일단 한국인이 욕받이가 돼서는 안 된다는 생각에 성우는 천막마다 자료를 나눠 분임토의를 하듯 교육을 실시했다.

한국인 기술자들의 습득력은 경이로운 것이어서 초보자들도 곧 외국인 노동자를 능가할 정도로 곧잘 크레인 운전을 해냈다.

심지어 몇몇 한국인들은 서구인의 체형에 맞춰 설계된 크레인 조종석에서 페달까지 발이 잘 닿지 않자 자신만이 사용할 수 있도록 나막신처럼 페달까지 이어질 수 있는 나무토막을 붙인 신발을 개발해 조종석에 올라가기도 했다.

마치 죽마에 올라타 죽마로 페달을 밟는 것처럼 묘기에 가까운 움직임이 필요했으나 한국인 기술자들은 그런 신발을 신고도 뛰어난 실력을 선보였다.

'코리아 넘버 텐'이라는 조롱을 퍼붓던 영국인들도 성우 일행이 도착한 지 한 달쯤 지났을 무렵엔 한국인을 만날 때면 엄지를 올리며 '코리아 넘버 원'이라고 추켜세울 정도로 한국인들의 위상은 제다 항에서 한껏 올라갔다.

상한가를 치는 한국인의 인기와는 반대로 숙소가 완성되기까지는 아직도 몇 개월을 더 기다려야 할 판이어서 한국인 기술자들의 생활환경은 열악하기 그지없었다.

몇몇 천막에서는 더위를 견디다 못한 이들이 아예 천막 밑으로 들어가 살 수 있는 땅굴을 파겠다며 하역 작업을 포기하고 며칠을 땅굴을 파는 바람에 회사 측 관계자들을 난처하게 하기도 했다.

열악한 거주 환경으로 인해 성우 일행은 면도날처럼 날이 서 있는 경우가 많았고 이로 인해 서로 싸우는 일도 자주 발생했다.

인도와 파키스탄 출신 노동자들의 기행에 가까운 샤워실 장기 점유로 인해 샤워실 갈 때마다 줄을 서야 하는 데 대한 짜증이 날이 갈수록 쌓이던 성우는 어느 날 샤워실 앞에서 어느 한국인 노동자와 사소한 일로 시비가 붙었다.

성우는 주먹을 휘둘러 오는 상대의 멱살을 붙잡고 팔을

엇갈려 가위 조르기를 하려다 문득 연대 보증을 선 공무원을 봐서라도 사고를 치면 안 된다는 장인 현제의 말을 떠올렸다.

상대를 제압하기도, 그렇다고 도망을 치기도 난처해진 성우는 결국 상대의 팔을 무는 시늉을 했다.

상대는 성우가 팔을 물려고 하는 동작을 취하자 급히 성우를 뿌리치고 물러서면서 "사내 새끼가 비겁하게 물어뜯으려고 지랄이네"라고 욕을 하고는 바닥에 침을 뱉고 가버렸다.

다행히 장인 현제가 우려했던 사고는 피했지만 크레인 사고 수습과 교육을 맡으며 조금씩 생기기 시작한 자존심에 크게 상처가 난 성우는 한동안 풀이 죽어 지냈다.

그러던 어느 날 3명이서 선풍기 하나에 의존해 겨우 더위를 참으며 주말 낮 시간을 버티고 있던 성우의 천막으로 영국인 장비 책임자 모케트가 통역 명준과 함께 찾아왔다.

성우의 눈 앞에서 손가락을 비비면서 "money(돈)"라고 몇 번이나 강조하며 당장 자기를 따라오라고 한 모케트는 지금 개러지에 있는 크레인 중에 가장 큰 크레인을 몰고 자기와 함께 가자고 했다.

개러지에서는 40톤짜리 격자형 고정 붐 크레인이 가장

큰 크레인이었기에 성우는 그 크레인을 몰고 개러지를 나와 모케트와 명준을 태운 뒤 사막으로 길을 나섰다.

　모래 지평선 외에 아무 것도 보이지 않는 사막 위 도로를 땡볕 속에서 30여 분간 달려가자 도로 한 가운데에 초대형 트레일러가 전복돼 있는 모습이 성우의 눈에 들어왔다.

　모케트는 30톤 화물을 실은 트레일러가 도로 위에 전복돼 있는데 이대로 두면 차량 통행이 불가하니 트레일러를 좀 치워줄 수 없겠느냐고 물었다.

　현장에는 사우디항만청 관계자들까지 나와 있는 것으로 미뤄 트레일러 사고로 인해 장기간 도로가 막힐 경우 항만 물류에도 큰 차질이 빚어지는 모양이었다.

　크레인에서 내려 현장을 살펴 본 성우는 사우디항만청 관계자에게 다가가 이렇게 말했다.

　"화물 살리려면 2시간, 화물 포기하면 5분."

　항만청 관계자는 옆에 있는 화주인 듯한 이와 이야기를 나누고는 손짓 발짓을 해 가며 화물은 이미 버려야 하게 됐으므로 트레일러와 화물을 도로 밖으로만 좀 치워달라고 부탁했다.

　성우는 화물의 무게와 크레인의 무게를 가늠해 본 뒤 화물과 트레일러 전체를 크레인 붐에 연결된 와이어로 결박하라고 주문했다.

항만청 관계자들은 30톤이나 나가는 화물을 40톤짜리 크레인으로 한꺼번에 작업을 하겠다는 성우의 말에 무슨 소리냐는 듯 손을 저었다.

모케트까지 나서서 성우에게 화물을 분리하든지 해서 조금씩 들어내야 하지 않겠느냐고 했지만 성우는 "자신 있으니까 나를 믿어 보라"며 모케트를 정면으로 응시했다.

제다 항에서 성우의 실력을 본 바 있는 모케트는 다시 사우디항만청 관계자들에게 다가가 사정 설명을 하고는 전체 화물을 한꺼번에 결박하도록 했다.

크레인 운전석에 올라간 성우는 심호흡을 한 뒤 30톤짜리 화물을 끌어올리기 시작했다.

우려했던 대로 화물의 무게를 이기지 못한 크레인의 뒤가 들리기 시작하자 모케트와 명준이 연방 "Watch out(조심해)"을 외치고 나섰다.

크레인 뒷부분이 어른 가슴 높이 쯤 들려 올라왔을 때 갑자기 성우가 브레이크를 걸자 크레인 자체 무게에 의해 화물이 도로 바깥쪽으로 들려 나오기 시작했다.

크레인이 지면에서 20~30cm 정도까지 내려올 때 쯤 다시 성우가 크레인을 작동시키자 크레인의 뒷부분이 다시

들려 올라갔다.

어른 가슴 높이쯤 크레인 뒷부분이 들리고 성우가 브레이크를 걸자 크레인이 다시 내려 앉으면서 화물은 도로 바깥 쪽으로 더 들려 나갔다.

눈으로 보고 브레이크를 잡아 크레인 뒷부분이 미처 바닥에 닿기 전에 다시 크레인을 작동시키는 타이밍을 잡는 것은 거의 불가능해 보였으나 성우는 동물적 감각으로 신들린 듯 그 무거운 크레인을 자유자재로 들썩이게 했다.

이렇게 크레인 뒷부분을 오르내리며 크레인 자체 무게로 30톤이나 되는 화물을 도로 바깥쪽으로 들어내는 데 걸린 시간은 성우가 장담했듯이 5분이 채 걸리지 않았다.

초대형 트레일러가 도로 바닥에 스치듯이 조금씩 들리며 도로 바깥쪽으로 다 옮겨지고 나자 모케트 뿐만이 아니라 사우디항만청 관계자들까지 기쁨에 차 "넘버 원"을 외치며 크레인으로 쫓아왔다.

사우디항만청 관계자들은 모케트를 통해 성우에게 100리얄의 돈을 수당이라고 건네며 모두들 엄지를 올리는 데 주저하지 않았다.

달러로 30달러에 조금 못 미치는 이 수당만으로도 한국에서 열흘은 일해야 할 벌이를 넘어서고도 남았다.

성우는 가외로 돈을 더 벌었다는 기쁨보다 사우디항만
청과 그레이 맥킨지 안에서도 한국인의 실력을 유감없이
펼쳐 보임으로써 한동안 구겨졌던 자존심을 회복했다는
사실이 더욱 기뻤다.

엽서

성우가 사우디로 출국한 뒤 4개월이 지났을 무렵 화자에게 한 장의 엽서가 도착했다.

앞면에 돛을 꼿꼿이 세운 채 거센 파도를 뚫고 항해하는 무동력 요트의 모습이 역동적으로 그려진 엽서는 각도를 기울일 때마다 요트가 마치 전진하는 것처럼 움직이도록 각인이 돼 있었다.

조금씩 달리 그린 두 개의 그림을 겹쳐 편광 처리를 함으로써 빛의 각도에 따라 비치는 그림이 달라지는 이 그림은 국내에선 좀처럼 볼 수 없었던 것이라 상윤과 연주는 그 엽서를 들고 다니며 온 동네 아이들에게 자랑을 하곤 했다.

아이들이 엽서 앞면의 화려함에 흠뻑 빠진 것과는 달리 화자에게는 엽서 뒤에 빼곡하게 써 내려간 남편 성우의 글이 가슴을 흠뻑 적셔왔다.

'거친 파도를 뚫고 앞으로 나아가는 저 요트처럼 우리 가족도 거친 파도를 뚫고 나아가고 있는 중인 것 같다. 지금 어려운 이 파도를 지나고 나면 따뜻한 햇살이 비치는 평온한 바다가 곧 나타나리라 믿는다.

열사의 땅 사우디 생활도 이제 익숙해져 가는 것 같다. 상윤이, 연주는 잘 지내는지 궁금하구나. 어머니 말씀 잘 듣고 공부 열심히 하도록 하여라. 재잘대는 너희 목소리가

그리운 아버지가.'

엽서의 내용은 상윤과 연주에게 보내는 것이었지만 화자는 읽을수록 자기에게 얘기하는 것 같은 내용에 몇 번이나 읽고 또 읽어 내용을 외우다시피 했다.

아이들이 엄마나 아빠라고 부르는 다른 가족과는 달리 어렸을 때부터 아이들이 성우와 자신을 아버지나 어머니라 부르게 한 화자의 영향이 컸던지 성우는 엽서에서도 근엄한 분위기를 고스란히 풍기고 있었다.

아버지나 어머니라 부르게 하면 아이들과 거리감이 생긴다고 성우가 아빠나 엄마라 부르도록 하자고 해도 호칭 때문에 거리감이 생기는 건 아니라며 자신이 고집을 피웠던 걸 떠올리며 어쩌면 남편은 엽서로 짐짓 근엄한 척 어리광을 피우고 있는지도 모른다는 생각을 했다.

화자는 오늘도 엽서를 들여다보며 생각에 잠겨 있다 엽서 말미에 아이들 목소리가 그립다는 성우의 글씨에 눈길이 멈췄다.

전화가 귀해 집안에 전화기 하나를 들여놓으려면 '백색전화'라고 해서 몇 달치 월급을 고스란히 주고 전화선 소유권리를 사야 했던 시절, 국제전화라도 해 보겠다는 생각은 어지간한 사람은 언감생심 꿈도 꿀 수 없는 사치였다.

화자는 문득 아이들과 자신의 목소리를 카세트 테이프에 녹음해 사우디로 부치면 되겠다는 생각을 떠올리고는 무릎을 쳤다.

집에는 녹음기조차 없었기 때문에 화자는 주말을 이용해 아이들을 데리고 친정 나들이에 나섰다.

오래된 것이긴 했지만 일제 강점기 때부터 일본인들도 알아주던 기술자 집안답게 현제의 집에는 녹음기가 하나 있었다.

화자네 가족을 비롯해 오랜만에 녹음기 앞에 둘러앉은 화자의 동생들까지, 화자의 친정에 모인 식구들은 녹음기에 연결된 마이크를 붙잡고는 저마다 성우에게 한마디씩을 해보느라 시간이 어떻게 가는지도 모르고 있었다.

"아버지, 상윤입니다. 우리를 위해 일하시느라 얼마나 고생이 많으신지요?"

애어른 같은 상윤의 멋쩍은 목소리를 시작으로,

"아버지, 연주예요. 항상 몸 건강하세요."

다섯 살 배기 연주의 앳된 목소리까지 녹음이 끝나자 화자가 마이크를 들었다.

"상윤이 연주 아버지, 오늘 하루도 잘 보냈는지요? 상윤이도 연주도 우리 모두 여기선 잘 있어요. 당신이 떠날 땐

겨울이었는데 여기도 이제는 더워지려 하네요. 더운 곳에서 건강은 잘 지키고 있는지요? 엽서는 잘 받았습니다. 당신 말대로 우리 가족에게도 따뜻한 햇살이 비치는 날이 올 거라 믿어요. 두서 없이 말을 시작해 무슨 말을 해야 할지 모르겠지만…. 항상 밥 잘 챙겨 먹고 일할 때도 조심 또 조심하세요."

들을 상대도 없이 허공에 대고 마이크를 들고 하는 말이라 한없이 어색하고 두서도 없었지만 화자는 비슷한 내용으로 목소리를 바꿔가며 녹음을 몇 번이나 하고 또 했다.

화자의 뒤를 이어 성우의 장인 현제와 장모 두임, 처제들이 줄줄이 녹음을 끝내자 화자는 카세트 테이프를 꺼내 마치 편지봉투에 쓰듯 사인펜으로 '이성우 귀하'라고 꼭꼭 눌러 썼다.

사인펜 끝에는 하루 빨리 이 카세트 테이프가 남편에게 날아가 우리 목소리를 전해달라는 간절한 염원이 담겨 있었다.

종교재판

영화나 책에서나 보던 종교재판이라는 것을 직접 겪게 된다는 사실에 성우는 망연자실했다.

사우디 현지 경찰에 의해 최깡다구가 붙잡혀 간 것이 벌써 이틀 전이었다.

최깡다구는 제다 항에서 첫 작업을 하던 날 일제 카토사의 크레인을 조종하다 사고를 일으킨 뒤 기가 많이 죽어 있었다.

어떻게든 자신의 실력을 다시 증명해 보이기라도 할 것처럼 최깡다구는 이후 다른 운전자들이 꺼리는 고난도 작업에 자원하는 등 안간힘을 쓰는 듯했다.

그날도 하역작업 중에 고난도 작업으로 꼽는 철판 하역작업을 굳이 자신이 하겠다고 나설 때부터 성우는 조마조마한 느낌이 들었다.

크레인으로 하는 하역작업 중 다른 작업에 비해 상당히 힘든 작업이 바로 원목과 철판 하역작업이다.

원목은 길고 철판은 넓어 무게중심을 잡기가 쉽지 않기 때문에 조금만 균형이 무너져도 추락하기 일쑤여서 자칫 대형사고로 이어질 가능성이 크기 때문이다.

최깡다구는 20톤짜리 크레인으로 철판을 들어 올리다 철판이 출렁거리자 당황하기 시작했다.

노련한 운전자라면 철판의 출렁임에 맞춰 크레인 반동을 잡으면서 철판의 무게중심을 잡아야 하지만 크레인 작업보다는 포크레인에 가까운 크램쉘(조개처럼 생긴 구조물을 크레인에 달아 흙 따위를 퍼 올리는 데 쓰는 장비)을 주로 운전한 최깡다구는 그 같은 경험이 부족했다.

　결국 균형이 무너져 크레인에서 떨어진 철판은 크레인 아래에서 작업 중이던 예멘 출신 노동자를 덮쳤고 그 노동자는 병원에 옮겨볼 겨를도 없이 현장에서 숨지고 말았다.

　갑작스런 사고에 새파랗게 질린 최깡다구는 크레인에서 뛰어내려 도망을 치려 했으나 얼마 가지 못하고 경찰에 붙잡혔다.

　성우는 제다에 온 이후로 함께 천막을 쓰다 그 사이 정이 든 최깡다구가 붙잡혀 갔다는 소식에 얼굴이라도 보기 위해 경찰서를 찾아가 보려 했으나 면회는 불가능했다.

　대신 재판만 수개월 걸리는 한국과는 달리 곧장 재판에 들어가는데 재판은 이슬람 성직자가 재판장을 맡는 종교재판으로 열린다는 얘기가 들렸다.

　통역 담당 명준의 얘기에 따르면 법률에 따라 죄의 경중을 가리는 것이 아니라 알라신의 뜻에 따라 판결이 이뤄지는 것이어서 재판 결과를 전혀 예단할 수 없으며 최악의 경우 사형도 나올 수 있다는 것이다.

일반 재판이 아니어서 방청도 할 수 없다기에 성우를 비롯한 최깡다구의 한국인 동료들은 안타까운 마음에 애만 태우고 있었다.

돈 벌러 머나먼 열사의 땅까지 왔다가 종교재판으로 목숨을 잃는다면 이보다 큰 비극이 어디에 있나….

사고로 목숨을 잃은 예멘 노동자는 또 어떻게 하나….

천막에 임시로 머물며 유목민 같은 생활을 하던 성우 일행이 드디어 집다운 집에서 살 수 있게 된 것은 사우디 제다에 도착한 지 6개월이 지나서였다.

그레이 맥킨지 측은 그동안의 혹독한 천막 생활을 보상이라도 하듯이 군대 막사처럼 생긴 안락한 숙소를 제공했다.

길이만 100여m에 이르는 막사 4개로 이뤄진 숙소는 2명이 8평 남짓한 공간에서 함께 생활할 수 있도록 지어져 있었고 에어컨까지 완비돼 임시 천막과는 비교할 수 없을 만큼 쾌적했기에 천막 안에서 향수병으로 우울 증세를 보이던 이들까지 새로 힘을 얻는 듯 보였다.

한국을 떠나올 때부터 붙어 다니던 성우와 덕재는 새 숙소에서도 같은 방을 쓰게 됐다.

숙소는 입주 첫날부터 밤 늦게까지 불이 꺼지지 않은 채 방마다 청소를 하느라 부산을 떠는 한국인들로 불야성을 이뤘다.

자신들이라면 신발을 신고 다녀야 하는 복도까지 쓸고 닦아 광을 내는 한국인들을 보며 모케트를 비롯한 영국인들은 고개를 갸웃거렸으나 숙소 내 공간 전체를 맨발로 다니는 한국인들을 보고서는 문화적 차이를 인정한다는 듯 고개를 주억거렸다.

어렵사리 그레이 맥킨지 측으로부터 기술을 인정받은 데다 생활공간까지 안정이 되자 한국인 노동자들은 그제서야 제다를 오랫동안 머무를 곳으로 여기고 한국에서처럼 일상을 찾기 시작했다.

숙소가 마련되기 전까지는 천막 안에서 언제라도 떠날 수 있도록 짐을 풀지 않은 채 생활을 했기 때문에 마음도 유목민처럼 정착을 하지 못하고 떠 있었던 것이었다.

일상을 찾은 한국인들 중에는 근무가 없는 주말이면 가까운 바다로 나가 낚시를 하며 향수병을 달래는 이들도 많았다.

성우가 영도 갯가 출신으로 회 뜨는 솜씨가 꽤 뛰어나다는 것을 들은 바 있는 덕재가 어느 주말 다른 동료들과 함께 바다 낚시를 가려다 숙소에서 쉬고 있는 성우를 불러내 함께 낚시를 나갔다.

덕재가 바다에서 처음 보는 커다란 생선을 낚시로 잡아 올리자 성우는 "회를 뜨기에 너무 크지 않나"라고 푸념을 하면서도 영도 바닷가에서 갈고 닦은 솜씨를 뽐내며 회를 뜨기 시작했다.

회를 다 뜨고 나서 성우가 큰 생선을 장만하느라 왼손에 묻은 생선 살 찌꺼기를 씻기 위해 바다에 손을 담그는 순간 갑자기 시커멓게 뱀처럼 생긴 팔뚝만한 물고기가 검지를 물었다.

손가락에 엄청난 통증을 느끼고 팔을 들어 올리자 물고기는 손가락을 깨문 채 그대로 딸려 올라왔다.

깜짝 놀란 덕재가 옆에서 물고기를 잡아 당겼지만 사나운 이빨을 지닌 물고기는 좀처럼 손가락에서 떨어질 줄을 몰랐다.

덕재가 온 힘을 다해 당기고 나서야 물고기는 떨어져 나갔으나 성우의 손가락은 뼈가 보일 정도로 살점이 뜯어진 채 피가 줄줄 흐르고 있었다.

나중에 안 사실이지만 물고기의 정체는 늑대고기라는

놈으로 한 번 물면 놓지 않는 포악한 성질을 지녀 현지인들
도 바다에 갈 때면 조심에 또 조심을 할 정도라고 했다.

옷을 찢어 대충 손가락을 묶고 병원을 가는 길에 현지 아
랍인들이 성우 일행을 보고는 약부터 발라야 한다며 시커
먼 약을 발라줬다.

약을 바르자 통증이 가라앉는 느낌이 들었으나 수술을
해야 할 정도로 상처가 깊었기에 성우 일행은 병원을 찾아
갔다.

병원에 간 성우는 의사로부터 기가 막힌 얘기를 들어야
했다.

약이라며 현지 아랍인들이 발라준 시커먼 액체의 정체
가 엔진오일이라는 것이었다.

엔진오일이 발라져 수술이 불가능하다는 현지인 의사
의 말에 성우 일행은 수소문 끝에 제다에 와 있다는 한국인
의사를 겨우 찾아내 상처를 고칠 수 있을지 문의하러 갔다.

"누가 이런 짓을 했습니까? 수술은 할 수 있으나 엔진오
일이 발라져 있어서 상처 봉합이 안 될 수 있어 골치가 아
프네요."

의사는 현지인이 저지른 '만행'을 보고 혀를 차면서 성
우의 찢겨나간 살을 봉합했다.

의사의 말대로 상처는 며칠이 지나도 제대로 아물지 않아 이후 몇 차례나 수술을 다시 받고도 왼손 검지에는 성우가 한국에 돌아갈 때까지 제대로 구부러지지 않을 정도의 장애가 남았다.

깊은 상처로 검지에 붕대를 감고 지내야 했던 그 무렵의 성우가 유일하게 위로를 받는 시간은 숙소에서 녹음기를 켜는 순간이었다.

아내 화자와 아들 상윤, 딸 연주를 비롯해 처가 식구들의 목소리까지 고스란히 들어있는 카세트 테이프가 소포로 배달된 것은 바다 낚시에서 크게 다친 직후였다.

성우는 매일 저녁마다 카세트 테이프를 녹음기에 걸고 가족들의 목소리를 들으며 손가락에 새겨진 아픔을 잊으려 애를 썼다.

"아버지, 상윤입니다." 딸깍.

"응? 그래, 윤아." 딸깍.

"우리를 위해 일하시느라 얼마나 고생이 많으신지요?" 딸깍.

"고생은 무슨…. 나 없이도 엄마랑 잘 지내고 있제?" 딸깍.

성우는 상윤이나 연주의 목소리가 한 소절 끝나고 나

면 녹음기를 멈추고 말대꾸를 하면서 마치 아이들과 대화를 하는 것처럼 몇 번이나 테이프를 되감았다 틀기를 반복했다.

테이프를 들을 때면 아이들이나 아내가 옆에 있는 것처럼 느껴져 눈물이 나오려는 것을 참고 있으려니 룸메이트 덕재가 보다 못해 핀잔을 주며 방을 나갔다.

"형님요, 아파서 그러나, 슬퍼서 그러나. 자리 비켜줄 테니 마음 놓고 들으시이소…. 그, 왜, 뭐, 울고 싶으면 울고 그라이소. 참으면 병 난다 카이."

더운 날씨에 눈물을 참아가며 매일 카세트 테이프를 되감았다 틀기를 수도 없이 하다 보니 며칠 지나지 않아 카세트 테이프가 늘어지면서 목소리가 이상하게 변하고 말았다.

성우는 손가락으로 전해지는 아픔보다 테이프가 늘어나기 전에 미처 복사를 해 두지 못한 것이 두고두고 후회가 되면서 더욱 큰 아픔으로 다가왔다.

수술을 하고 손가락에 두꺼운 붕대를 칭칭 감고도 성우는 크레인 하역작업에서 빠질 수가 없었다.

한국인 노동자가 기술도 뛰어난 데다 근면하기까지 하다는 사실을 눈치챈 그레이 맥킨지 측에서는 그 즈음 1인당 3000달러의 월급을 줘야 하는 미국인 노동자보다 한국인 노동자들을 더 선호하기 시작했다.

미국인 노동자에 비해 20% 정도의 월급만 주고도 전혀 뒤떨어지지 않는 생산성을 보이는 한국인 노동자들은 작업 현장마다 큰 인기를 끌었고 성우는 그런 한국인 노동자 중에서도 장비 책임자 모케트가 인정하는 실력자였기 때문이다.

최깡다구가 철판 하역작업을 하다 사망 사고를 낸 날에도 성우는 옆 선석에서 30톤짜리 카토사 크레인으로 하역작업을 하고 있었다.

8개월 가까이 카토사의 유압식 붐 조절 크레인 조종을 해 온 덕에 익숙해진 성우는 이제 아웃트리거를 장착하지 않고도 좁은 공간에서 크레인 자체의 흔들림과 반동을 이용해 자유자재로 하역작업을 할 수 있을 정도였다.

작업을 마치고 숙소로 돌아오자 최깡다구의 사고 소식은 벌써 숙소 전체에 퍼져 마치 벌집을 쑤셔놓은 것처럼 한국인 전체가 동요하고 있었다.

종교재판 결과를 기다리는 동안 한국인 노동자들은 너나 할 것 없이 초조한 표정이 역력했다.

오늘은 최깡다구가 종교재판을 받고 있지만 재수가 없으면 내일 여기 있는 누군가 받지 않으리라는 보장이 없었기에 남의 일 같지가 않았던 것이다.

"방금 종교재판이 끝났다 합니다. 최깡다구가 무죄로 풀려난다고 하네요."

통역 담당 명준이 숙소에 재판 결과를 전달하자 모두들 안도의 한숨을 쉬면서도 '사람이 죽었는데 무죄라니 무슨 소린가'라는 표정으로 의아해 했다.

명준이 전해 준 바에 따르면 이슬람 율법에 따라 진행된 종교재판에서 죽은 노동자가 알라신의 뜻에 따라 하늘로 갔다는 식으로 이슬람 성직자가 해석하자 최깡다구가 무죄가 됐다는 것이다.

정말 이해할 수 없는 재판이라며 혀를 내두르던 성우는 예멘 노동자에 대해서는 그레이 맥킨지 측이 보험에 따라 보상을 처리하기로 했다는 설명을 듣고서야 고개를 끄덕이며 최깡다구가 풀려나오길 기다렸으나 최깡다구는 재판이 끝나고 이틀이 지나도 풀려나질 못했다.

한국인 노동자 숙소에서는 또 다시 무슨 일인가 싶어 온갖 정보망을 가동한 끝에 사우디에서는 재판에서 무죄가 나더라도 구속을 한 경찰이 풀어주지 않으면 나올 수가 없다는 사실을 파악했다.

다시 숙소를 찾은 명준은 뜻밖의 말을 전했다.

"경찰을 움직이려면 왕자의 지시가 있어야 한다는데 그건 회사에서 선이 닿는 왕자가 있으니 어떻게든 해 볼 수 있습니다. 문제는 경찰에 기름칠을 좀 하지 않으면 왕자의 지시가 있어도 쉽게 풀려나기 어렵다는 데 있어요."

돈이 필요하다는 뜻이었다.

돈이 궁해 한국을 떠나 이국만리 사우디 제다까지 돈을 벌러 온 한국인 노동자들은 이곳에서도 돈 문제로 시달려야 한다는 사실에 쓴웃음을 지었다.

그래도 최깡다구를 계속 구속된 상태로 둘 수 없었던 한국인 노동자들은 십시일반으로 2500리얄(한화로 약 30만 원)을 모아 명준에게 전달하면서 최깡다구가 풀려날 수 있도록 경찰에 '기름칠'을 해달라고 부탁했다.

기름칠이 과연 효과가 있었는지 최깡다구는 경찰에 붙들려 간 지 일주일 만에 마침내 숙소로 돌아왔다.

하지만 사고와 체포, 종교재판 등 평생을 살면서 한 번도 겪기 힘든 일을 한꺼번에 겪은 최깡다구는 깡다구라는 별명이 무색하게도 숙소로 돌아온 이후로 심각한 향수병에 시달리기 시작했다.

사고가 트라우마가 된 것인지 크레인에 올라가는 것도 두려워하는 최깡다구를 더 이상 놔둘 수 없었던 그레이 맥킨지 측은 이내 최깡다구를 혼자 귀국시키기로 결정했다.

회사로부터 귀국 통보를 받은 최깡다구는 명준이 최깡다구를 위해 써 준 종이 한 장을 들고는 한국에서 제다까지 왔던 그 험한 길을 8개월만에 혼자서 되짚어 돌아가야 했다.

최깡다구가 떠난 뒤 숙소에서는 명준이 써 준 종이에는 영어로 '어디에서 한국행 비행기를 탈 수 있습니까'라는 내용만 써져 있었다는 후문이 그의 마지막 뒷모습만큼이나 쓸쓸하게 나돌았다.

최깡다구의 사고로 현장마다 상한가를 치던 한국인 노동자들에 대한 인기는 한풀 꺾이고 말았다.

한국인 노동자들도 최깡다구의 나홀로 귀국에 충격을 받고 의기소침해 있을 즈음 오랜만에 주말을 맞아 모케트가 성우의 숙소로 찾아왔다.

성우와 한국인 노동자들의 실력을 인정하고 깊이 신뢰하게 된 모케트는 크레인으로 할 수 있는 최고난도 작업이 있을 때면 종종 성우를 찾아와 의견을 묻곤 했다.

그날도 모케트는 한 달에 두 번뿐인 쉴 수 있는 주말을 맞아 숙소에서 밀린 빨래를 하고 있던 성우에게 선박 진수를 해 본 경험이 있느냐고 물었다.

조선공사에서 당시로선 국내에서 생산된 최대 선박이었던 팬 코리아호를 진수해 본 경험이 있던 성우가 고개를 끄덕이자 모케트는 지난번 도로에서 초대형 트레일러를 들어낼 때 보여준 실력을 한 번만 더 보여 달라고 부탁했다.

일반 화물을 부리는 작업과는 달리 선박 진수는 조금만 잘못하면 선박이 파손돼 엄청난 손실을 부를 수 있는 일이기에 성우는 부담스럽다며 사양을 했다.

그러자 모케트는 이번 선박 진수는 제다에 있는 미국, 영국, 일본, 필리핀, 인도, 파키스탄, 사우디 등 다른 7개국 기술자들이 모두 포기한 작업이라 성우가 성공만 한다면 한국 기술자들에게 큰 이익이 돌아갈 것이라고 성우를 설득하기 시작했다.

그렇지 않아도 최깡다구의 일로 인해 수개월 동안 제다에서 쌓아온 한국인의 이미지가 추락하는 것 같아 속상해하던 성우는 모케트의 끈질긴 설득에 헹구던 빨래를 한쪽으로 치우고 모케트와 함께 숙소를 나섰다.

매일 출근하는 그레이 맥킨지의 개러지를 지나 한참을

걸어가자 저 멀리 목조 선박을 건조하는 소규모 조선 도크가 눈에 들어왔다.

도크에는 옛 그림책에서나 보던 반달 모양의 선체에 아라비아형 돛을 단 목선이 아름다운 자태를 뽐내며 얹혀 있었다.

시주

핏물이 좁은 집 마당으로 흘러 내려왔다.

가끔씩 이가 잘 맞지 않아 닫히지 않은 문 사이로 흘러 들어온 핏물은 어른 한 명이 지나가면 어깨가 닿을 만큼 좁은 마당을 타고 부엌 앞까지 다다랐다.

한여름 무더위로 끈적한 날씨와는 달리 내리쬐는 햇살로 인해 뚜렷해진 핏빛은 시멘트가 군데군데 갈라져 울퉁불퉁해진 마당의 굴곡을 따라 더욱 선명해지며 피비린내를 풍기는 듯했다.

"어머이, 큰일 났습니더. 여기, 여기 이거 좀 보이소."

학교에서 돌아오는 길에 생전 처음 그렇게 많은 양의 핏물을 본 상윤은 깜짝 놀라 화자를 부르며 집 안으로 뛰어 들어왔다.

토요일 낮 부엌에서 점심 준비를 하던 화자가 나가 보니 이미 마당은 핏물로 흥건하게 적셔져 발을 내딛기에도 끔찍한 곳으로 변해 있었다.

조금 전까지 단말마의 비명이 들리더니 이게 무슨 일인가 싶어 깜짝 놀란 화자는 황급히 비명이 들려오던 골목길 위쪽 집으로 고개를 들었다.

계단식 골목을 두 계단 더 올라간 곳에는 화자보다 조금 더 나이가 들어 보이는 남자 4명이서 각목과 칼, 연탄불을 붙일 때 쓰는 토치 따위를 들고 서 있는 모습이 눈에 들어왔다.

남자들의 발 아래에는 애처로운 단말마 비명의 주인공이 쓰러져 있었다.

어른보다 조금 덩치가 작아 보이는 그 주인공은 남자들의 인정사정 없는 매질에 이미 숨이 끊어진 채 다음 처치까지 당한 것 같았다.

황갈색 털이 윤기가 나는 그 주인공은 개였다.

남자들이 집 마당에서 각목으로 개를 때려 잡은 뒤 다음처치까지 하면서 물을 뿌리자 피가 섞인 그 물이 화자네 집까지 흘러든 것이었다.

"아니, 거기서 개를 잡으면 어떻게 해요?"

생각했던 것보다 더욱 잔인한 장면에 다리가 후들거리면서도 화자는 자신보다 더 놀랐을 어린 상윤을 생각하며 남자들에게 소리를 질렀다.

남자들은 개를 잡기 위해 용기가 필요했던 것인지 처음부터 작정을 했는지는 모르지만 이미 불쾌하게 취해 있는 상태였다.

"아줌마, 뭐야. 우리집에서 우리가 고기 좀 먹겠다는데 뭐가 문젠데?"

"애가 놀랐잖아요. 그리고 이 피 좀 보세요. 이거 어떻게 해요."

"아, 그 참. 그거 물 한 번 뿌리면 아무 것도 아니겠구만. 한 동네에서 별 소릴 다 하네. 여기에서 물이라도 더 뿌려 주까."

말로 해서 통할 상대였다면 처음부터 집 마당에서 개를 잡을 생각도 하지 않았을 터였다.

술에 취해 눈을 희번덕거리는 남자들의 모습에 공포를 느낀 화자는 더 이상 입이 떨어지지 않았다.

이웃들도 혀를 끌끌 차며 뒤로 한마디씩 하면서도 정작 자신들의 집에 큰 피해가 오지 않자 남자들과의 마찰이 두려운 듯 하나 둘씩 집으로 들어가 버렸다.

화자는 그 순간 남편 성우가 곁에 없다는 사실을 뼈저리게 느끼며 너무 허전해 견딜 수가 없었다.

'상윤 아빠가 있었다면 절대로 나 혼자 이런 수모를 당하도록 내버려 두지 않았을 텐데. 저 사람들도 여자 혼자 산다고 만만하게 보고 저러는 거 아냐. 상윤 아빠가 있었다면 당장 뛰쳐나가 흠씬 두들겨 줬거나 땅에 메다꽂았을 거야.'

'아니, 아니야. 흉기를 들고 있는 저런 몰상식한 인간들

과 싸우다가 크게 다쳤을지도 몰라. 어쩌면 지금 내 곁에 상윤 아빠가 없어서 더 다행인지도 몰라.'

속상한 마음에 눈물이 솟으려는 걸 참아 누르며 온갖 상념에 사로잡혀 있던 화자는 저녁밥이 다 돼 갈 무렵 좁은 마당으로 누군가 들어오는 소리를 들었다.

남자들이 물을 끓이며 한바탕 고기 잔치를 하는 동안 화자가 물통에 몇 번이나 물을 받아 씻어낸 마당은 그 즈음 핏기가 거의 가신 상태였다.

"보살님, 시주 좀 하시죠."

탁발을 하러 온 스님이 합장을 하고 서 있는 모습을 본 화자는 문득 몇 시간 전에 있었던 끔찍한 일을 떠올리며 오늘은 꼭 시주를 해야겠다고 생각했다.

스님은 쌀통에서 쌀을 듬뿍 퍼 와 회색 주머니에 담고 있는 화자의 얼굴을 물끄러미 쳐다 보다 고개를 갸웃거리며 말을 했다.

"보살님, 이상하게 들릴지 모르지만 제 말 좀 들어 보이소."

화자는 독실한 불교 신자인 어머니의 영향으로 절에 자주 다니는 편이었지만 믿음이 맹목적인 기복 신앙처럼 되는 걸 늘 꺼림칙하게 생각했던 터여서 이 스님이 또 무슨 말씀을 하려 그러실까 하는 마음이 들었다.

"보살님 15년쯤 뒤 중년에 생사에 큰 고비가 있습니다. 정화수를 준비해서 쌀을 아홉 번 씻어 밥을 지은 다음 오늘 자정에 요 앞 네거리에서 제를 올리이소. 그래야 보살님이 삽니다. 보살님이 제를 올린다고 제가 무슨 득을 보겠습니까. 그러니 이 말 꼭 들으셔야 합니다."

목탁을 두드리고 합장을 한 뒤 총총히 집을 나가는 스님의 뒷모습을 보면서 화자는 한참을 멍하니 서 있었다.

낮에 있었던 끔찍한 장면의 여운이 가시기도 전에 자신이 십 몇 년 뒤에 생사의 기로에 선다는 말을 듣다니 이런 날도 있나 싶었다.

방 안에 들어가 상윤과 연주를 번갈아 보던 화자는 밤 늦게까지 고민을 거듭하다 "그렇게 먼 훗날 일을 누가 알겠어"라며 피식 웃고 말았다.

그래도 오늘은 날이 날이니 만큼 액땜은 해야겠다는 마음에 화자는 부엌에서 굵은 소금을 꺼내 마당에 몇 번이나 뿌리고는 다시 방으로 들어왔다.

상윤과 연주가 새근새근 잠든 머리맡에 놓인 탁상시계는 이미 자정을 넘어 새벽 1시를 향해 가고 있었다.

진수

"꼬리! 꼬리! 꼬리!"

다급하게 외치는 소리에 놀라 눈을 뜬 성우의 앞에는 벌크 화물이 크레인 붐 끝에 매달린 채 크레인이 회전하는대로 비스듬하게 돌아가고 있는 모습이 펼쳐져 있었다.

선박에서 벌크 화물을 끌어올려 트럭에 실어야 했지만 화물을 끌어올리고 트럭이 있는 곳까지 크레인을 회전하다 깜박 잠이 든 모양이었다.

크레인이 화물을 내리면 트럭에 짐을 부리기 위해 대기하던 예멘 노동자들이 잠이 든 성우가 화물을 매달고 크레인을 계속 회전시키고만 있자 고함을 지른 듯했다.

성우가 한국인임을 알고 있는 예멘 노동자들은 한국을 뜻하는 꼬리아를 부른다는 것이 다급한 마음에 '꼬리'라고 외쳤을 것이다.

깜짝 놀란 성우는 급히 크레인의 회전을 멈추고 트럭이 있는 위치로 크레인 붐을 맞추기 시작했다.

국내에서 사용하던 크레인은 크레인 줄을 고정시키기 위해 발로 밟는 브레이크가 있었지만 제다에서 사용하는 유압 크레인은 발 브레이크가 없다는 게 다행이었다.

깜박 잠이 든 사이 발에 힘이 빠져 발 브레이크를 놓치기라도 한다면 화물이 곧장 아래로 추락할 수도 있었기 때문이다.

잠을 쫓기 위해 머리를 흔들고 뺨을 치던 성우는 운전석 옆에 놓아둔 압정을 들고는 허벅지를 찔렀다.

인간의 정신력으로도 극복이 안 되는 것이 잠이 얹힌 눈꺼풀의 무게임을 알기에 어지간히 정신력이 강하다고 자부하는 성우도 결국은 몸에 고통을 주면서 잠을 쫓기로 한 것이다.

성우는 하루 4시간만 자면서 벌써 한 달째 하루 12시간의 잔업을 해치우고 있었다.

밥도 간단히 크레인 위에서 먹을 수 있는 샌드위치나 햄버거 같은 것으로 때우기 일쑤였다.

어쩌다 이렇게 됐을까.

성우는 모케트의 요청으로 목선 진수를 도우러 나갔던 두 달 전을 떠올리며 압정에 찔린 허벅지의 고통을 통해 잠을 쫓으려 안간힘을 썼다.

모케트와 함께 소형 조선 도크에 도착한 성우는 눈대중으로 도크에 얹혀 있는 목선이 20m 정도 길이에 25톤 가량 나간다고 짐작했다.

그 즈음엔 개러지에 150톤짜리 초대형 크레인도 있었으므로 작업은 비교적 간단할 것이라 생각했지만 현장은 소형 도크여서 입구가 좁은 탓에 초대형 크레인의 진입이 불가능했다.

일본 카토사의 40톤짜리 유압 크레인이 현장에서 사용할 수 있는 최대 규모의 크레인이었다.

이 때문에 전 세계 7개국에서 난다 긴다 하며 온 크레인 기술자들이 현장을 와 보고는 작업이 불가능하다며 손사래를 친 것이었다.

"꼭 오늘 저 배를 진수해야 합니까?"

성우가 통역을 통해 모케트에게 이렇게 묻자 모케트는 성우도 포기를 하려는 줄 알고 실망한 표정으로 되물었다.

"오늘이 아니어도 진수만 할 수 있으면 되지만…. 왜? 불가능한가?"

"만조 때 작업할 수 있다면 내가 어떻게 해 보지요. 단, 지난 번 도로 작업 때처럼 나를 믿어줘야 합니다."

옆에 있는 선주와 얘기를 나눈 모케트는 "만조가 일주일 뒤인데 그럼 다음 주 일요일에는 작업할 수 있겠나"라고 물었다.

성우는 "믿어만 준다면 무슨 수를 써서라도 저 배를 바다로 진수해 보이겠다"고 자신있게 대답했다.

성우가 모케트를 따라 소형 조선 도크에 갔다온 사실은 한국인 숙소뿐만이 아니라 모든 나라 기술자들의 숙소에 소문이 쫙 퍼졌다.

성우가 작은 크레인으로 목선을 바다에 진수를 할 수 있을지를 놓고 일주일 동안 제다 항은 온갖 이야기들로 떠들썩했다.

"형님 선박 진수 해 본 적 있는가베요. 근데 크레인이 작아서 그걸로는 배를 진수하기 힘들다 하더마는….."

성우가 오는 일요일 전 세계 크레인 기술자들이 포기한 선박 진수 작업을 한다는 소식을 들은 룸메이트 덕재가 마치 자신의 일인 것처럼 상기된 표정으로 성우에게 물었다.

"그냥은 힘들고, 물이 최대로 차오르는 만조 때는 어찌 가능할 거 같긴 하다."

"그래도 형님이 성공을 해야 우리도 낯이 좀 설 거 아잉교. 최깡다구 일로 모두들 의기소침해 있어가 분위기가 말이 아닙니더."

매일같이 작업을 나갈 때면 한국인 노동자들은 너나 할 것 없이 성우에게 다가와 목선 진수를 정말 할 수 있느냐고 묻는 게 제다항에선 일주일 동안의 일과가 되다시피 했다.

기다리는 이들에겐 일각이 여삼추 같았을 일주일이

지난 뒤 성우는 다시 모케트와 함께 목선이 놓인 도크로 향했다.

도크에는 한국인 기술자들은 물론 각 국에서 온 크레인 기술자들이 성우의 진수 장면을 보기 위해 100여 명이 넘도록 새까맣게 모여 있었다.

군중들 앞에 서자 긴장한 모케트가 "도대체 어떻게 작은 크레인으로 저 목선을 진수시킬지 아무리 생각해도 잘 모르겠다"며 성우를 보고 괜찮겠느냐는 표정을 지어 보였다.

"조선공사에서 이것보다 더 큰 배도 크레인으로 진수시켜 봤어요. 도로에서 트레일러 들어내는 것 보지 않았습니까."

성우는 걱정스런 표정의 모케트에게 눈을 찡긋 해 보이며 크레인 조종석으로 뛰어 올라갔다.

이날 작업을 위해 미리 부탁한 크레인 뒤쪽의 2중 나무 받침을 확인하고 큰 숨을 내쉰 성우는 마침내 크레인 작동을 시작했다.

성우는 목선에 연결된 줄을 재빨리 끌어오려 목선을 집어들더니 급속 회전을 하며 배를 바다 쪽으로 던져버렸다.

그 순간 목선의 무게를 이기지 못한 크레인이 앞으로 쓰러지기 시작하자 성우는 줄을 최고 속도로 풀어주고 붐도 아래로 던지듯 내려 보냈다.

배가 얼마나 수면에 빨리 내려 앉느냐가 작업의 성패를 좌우하기 때문에 성우는 만조 때를 기다렸던 것이다.

배가 바다에 던져지듯이 물 위에 떠오르는 것과 동시에 크레인은 거의 앞으로 넘어가기 일보 직전까지 기울었다.

하지만 크레인이 넘어가는 속도보다 배가 떨어지는 속도가 더 빠르고 크레인의 붐 길이가 완충역할을 했기 때문에 배가 바다에 놓이자 크레인은 더 딸려가지 않고 다시 뒤로 넘어지며 원래 위치로 돌아왔다.

크레인이 뒤로 넘어지며 받을 충격을 완화해 주는 나무 받침이 뒤로 밀리긴 했지만 크레인 자체는 아무런 타격을 입지 않았다.

도로에서 초대형 트레일러를 도로 밖으로 들어내던 원리에다 실을 풀었다 조였다 하는 방패연 조종 기술을 접목한 절묘한 조종술이었다.

방패연은 얼레로 실을 감으면 위로 치솟고 탱금을 준다고 하여 얼레를 앞으로 향하며 반동을 주면 줄이 풀리면서 아래로 곤두박질을 치기 때문에 어떻게 실을 풀고 감느냐에 따라 자유자재로 조종이 가능하다.

진수

성우는 어린 시절부터 정월 초하루면 방패연을 만들어 대보름까지 연싸움을 하러 동네를 쏘다니곤 했기 때문에 줄을 풀었다 조였다 하면서 연을 조종하는 데 남다른 일가견이 있었다.

한 번도 본 적이 없는 서커스 같은 기술로 성우가 목선을 무사히 진수시키는 데 성공하자 현장에 모인 군중들은 일제히 함성을 질렀다.

모케트는 크레인에서 내려오는 성우를 향해 뛰어와 성우를 끌어안고는 "환상적"이라는 말을 아끼지 못했다.

성우의 기술을 믿어왔지만 전 세계 크레인 전문가들이 모두 포기한 선박 진수 작업이라 기다리는 일주일 내도록 큰 사고나 나지 않을까 노심초사했기에 모케트의 기쁨은 더욱 컸다.

곧이어 선주도 성우에게 다가와 "이것은 알라신이 하신 일"이라며 그 자리에서 200리얄을 건네기까지 했다.

"슈크란."

그동안 익힌 아랍어로 고맙다는 뜻을 전하자 선주는 휘둥그레진 눈으로 활짝 웃으며 "이 돈도 알라신이 주시는 것"이라고 말했다.

목선 진수 작업의 극적인 성공으로 성우는 일약 제다항

에서 스타로 떠올랐다.

한국인 노동자들뿐만 아니라 전 세계에서 온 크레인 기술자들도 생전 처음 보는 크레인 조종 기술에 아낌없이 박수를 보내며 "코리아 넘버 원"을 외쳤다.

마치 올림픽 금메달을 따기라도 한 듯 성우는 '크레인으로 세계를 제패했다'는 자부심으로 가슴이 벅차올랐다.

제다에 온 뒤 돈을 버는 족족 한국으로 거의 송금해 왔던 성우는 이날만큼은 선주가 준 돈으로 자신에게 상을 주기로 했다.

눈이 푸른 서양인들에 비하면 검은 눈의 동양인들은 자외선에도 비교적 잘 견딘다고는 하지만 사우디에 온 뒤로 강렬한 햇빛 아래서 작업을 하다 보니 성우는 늘 '좋은 선글라스가 하나 있었으면'하고 생각했다.

'여윳돈이 생기면 사야지'라던 것이 사우디에 오고도 8개월이 지날 때까지 선글라스 구입을 미뤄 오던 터에 이날 목선 진수 성공으로 돈이 조금 생기자 성우는 독일제 자이스 선글라스를 구입하는 데 그 돈을 아끼지 않았다.

제다항에서 일하는 이들이라면 누구나 갖고 싶어하는 자이스 선글라스를 끼고 한껏 멋을 부리며 숙소로 돌아온 성우는 덕재와 동료들의 부러움 속에 그날 밤 나름의 축하

파티를 조촐하게 벌였다.

그날을 기점으로 제다항에서는 한국인 노동자를 찾는 현장의 수요가 다시 급증하기 시작했다.

그레이 맥킨지도 미국인보다 훨씬 싼 월급으로도 성우처럼 기술이 좋은 노동력을 활용할 수 있다는 점에 다시 주목하고 한국인 노동자들을 더욱 적극적으로 현장에 투입했다.

성우 일행이 제다에 온 지 8개월이 지난 그 즈음부터 제다항의 노동자 구성도 미국인들이 점점 줄어들고 한국인이 그 자리를 대신하는 일이 잦아졌다.

제다항에는 한국인 외에도 인도, 파키스탄, 예멘 등 다양한 나라에서 온 노동자들이 있었으나 일머리를 깨치는 데 있어 한국인을 따라올 외국인은 거의 없었다.

특히 한국인은 사고의 유연성이 뛰어나 둥근 화물을 처리하는 방법을 깨우치고 나면 네모나거나 세모난 화물 처리를 손쉽게 해냈으나 교육수준 탓인지 천성인지 몰라도 다른 나라 출신의 대부분 노동자들은 조금만 화물 규격이 달라도 다음 지시가 있을 때까지 손을 놓고 앉아 있는 경우가 많았다.

낮이면 섭씨 50도까지 오르내리는 극한 환경에 타국 노동자들은 그늘에서 쉬거나 아예 작업을 거부하기 일쑤인 반면 한국인 노동자들은 그 같은 환경도 해야 할 일이 있으면 결코 마다하는 법이 없었다.

이 때문에 그레이 맥킨지 측에서도 수시로 한국인 노동자들을 모아 놓고는 믿고 일을 맡길 수 있는 사람은 한국인뿐이라는 식으로 얘기하곤 했다.

한국인들은 그 변화를 돈을 벌 수 있는 기회로 여기고 온갖 현장을 마다하지 않으며 주어진 잔업을 해내려고 안간힘을 썼다.

성우도 빚을 갚고 돈을 벌기 위해 이 먼 땅까지 온 이상 기회가 주어질 때 몸을 아끼지 않고 일을 해야 한다고 다짐하고는 잠자는 시간을 제외하고는 대부분의 시간을 잔업으로 채우고 악전고투를 거듭해 온 것이었다.

압정으로 허벅지를 찔러가며 일시적으로 잠은 쫓을 수 있었지만 근본적인 문제는 체력에 있었다.

특히나 사우디에 온 뒤 음식을 챙겨 먹는다고 챙겨 먹는데도 성우는 몸무게가 50kg대에 불과할 정도로 야위었기에 체력은 더욱 쉽게 고갈이 됐다.

체력이 뒷받침이 되면 쪽잠을 자더라도 금세 회복을 하

진수

지만 체력이 고갈되니 잠을 자도 피로가 가시질 않아 늘 물에 젖은 빵처럼 흐물흐물거리게 되는 것이었다.

견디다 못한 성우는 영국인들이 한국인보다 덩치도 큰데다 체력도 훨씬 뛰어난 것을 보고는 모케트에게 어떻게 해야 영국인처럼 될 수 있느냐고 물었다.

"우린 고기를 많이 먹지. 여기서도 양고기 많이 먹잖아. 여긴 양고기가 주식이야. 한국인들은 소고기만 먹고 양고기를 잘 안 먹던데 그러면 힘을 쓸 수가 없어."

모케트는 한국인들이 이상한 냄새가 난다며 먹지 않는 양고기를 가리키며 저런 고기라도 많이 먹어야 힘을 쓸 수 있다고 조언했다.

성우도 제다항에 온 이후 한국에선 구경도 해보지 못한 양고기가 수시로 식탁에 오르는 것을 보고 먹으려고 수차례 시도를 했으나 양고기 특유의 노릿한 향에는 도무지 적응이 되지 않아 거의 입을 대지 못하고 있었다.

성우는 모케트의 조언에 따라 식당에 가서 주방장에게 양고기 요리를 할 때 생강을 더 이상 넣을 수 없으리만치 듬뿍 넣어달라고 부탁했다.

다행히 생강 범벅이 된 양고기 요리는 생강의 맵싸하고 강력한 맛이 노릿한 양고기의 향을 많이 압도해 그럭저럭 입에 넣을 수 있었다.

그 이후로 성우는 평생 먹을 양고기를 다 먹어치우기라도 하려는 듯이 매일 일부러 식탁 위에 양고기를 수북히 쌓아 놓고 먹기 시작했다.

크레인에 들고 올라가는 샌드위치에도 양고기를 넣고 어렵사리 구해온 불고기 양념을 보태 양고기로 불고기도 해 먹었다.

"형님, 양고기랑 뭔 원수진 일 있어예? 이제 노린내가 풀풀 나는 게 이곳 사람 다 됐네."

양고기를 몇 주 동안 매 끼니마다 달고 살다 보니 성우는 덕재를 비롯한 한국인 동료들로부터 몸에서 노린내가 난다며 놀림을 받게 됐다.

반면 모케트를 비롯한 영국인들과 현장에서 만나는 아랍인들은 성우가 어느새 자신들과 냄새가 비슷해졌다며 오히려 반기는 분위기였다.

그러는 동안 성우는 60kg 중반까지 체중이 불어 격하게 잔업을 해내면서도 쉽게 지치지 않을 정도로 체력을 회복했다.

이 몸무게는 성우가 평생 자신의 건강을 체크하는 기준이 되었을 만큼 이 당시 성우는 가혹한 근무환경 속에서도

진수

몸은 오히려 단단해지는 느낌을 받았다.

뇌수술이라는 큰 시련을 당하며 알게 모르게 안으로 골병이 들었을지 모르는 몸이 양질의 단백질을 흠뻑 흡수하며 겪는 난생 처음의 호사라는 생각도 들었다.

성우는 그 경험으로 인해 평생 몸의 컨디션이 조금만 안 좋다는 기미가 느껴질 때면 억지로라도 고기를 더 먹으려고 하는 습관이 생겼다.

성우는 체력을 회복하자 무려 3개월을 하루 4시간만 자면서 잔업에 몰두해 매달 2000달러를 집으로 송금할 수 있게 됐다.

이는 처음 제대로 올 때 그레이 맥킨지가 제시한 월급 550달러의 4배에 가까운 금액이었으며 성우가 한국에서 받던 월급에 비해서는 20배가 넘는 액수였다.

그 3개월의 벌이만으로도 성우는 한국에서 5년 가까이 한 푼도 쓰지 않고 모아야 하는 돈을 벌 수 있었던 것이다.

철거

"봐요, 봐요. 저기 저 언덕 위. 저런 데에도 사람이 사네요."

소풍의 흥겨움에 왁자지껄한 버스 안에서 민섭 엄마가 이렇게 외치자 모두들 고개를 들었다.

딸 연주와 함께 뒷바퀴 바로 앞자리에 앉아있던 화자도 민섭 엄마의 목소리에 무심코 고개를 들었다가 얼굴을 붉히고 말았다.

민섭 엄마가 손가락으로 가리키는 방향에는 문현동 언덕배기의 화자네 집이 판자로 덧대어 놓은 담벼락 뒤로 보일 듯 말 듯한 모습으로 자리를 잡고 있었기 때문이다.

아들 상윤이 유치원 문 앞에도 가 보지 못하고 곧바로 국민학교에 입학한 것과는 달리 복을 타고난 것인지 유치원에 입학하게 된 연주를 뒷바라지하면서 화자는 모든 게 새로웠다.

특히나 유치원생 대부분이 연주만큼 아니, 연주보다 유복한 아이들이다 보니 유치원에서 실시하는 각종 행사에 참석할 때마다 드는 위화감은 또 다른 삶의 무게였다.

그날도 봄소풍을 맞아 유치원생들이 엄마와 함께 유치원 버스를 타고 이동하는 길에 의도치는 않았으리라 믿는 민섭 엄마의 말 한마디로 인해 화자는 마음에 상처를 입고 말았던 것이다.

성우가 사우디로 간 지도 1년이 훌쩍 넘어 남편이 곁에 없는 설움엔 이제 어느 정도 굳은살이 박혔으나 딸과 함께 있는 자리에서 입은 이런 식의 상처는 전혀 예상치도 못한 것이어서 화자로선 아파도 너무나 아팠다.

"남편이 뭐 하는 분이세요?"

화자는 눈이 휘둥그레진 은행 직원이 물어오는 말에 흠칫 놀라면서 은행 직원을 다시 쳐다봤다.

남편 성우가 뭘 하는 사람인지를 묻는 사람이 종종 있긴 했지만 은행에서 이런 표정으로 이런 질문을 하는 것을 듣기는 처음이었기 때문이다.

사람을 두고 뭘 하는지 묻는 데에는 두 가지 뜻이 담겨져 있다.

정말 순수하게 그 사람이 뭘 하는지 몰라서 묻는 게 첫 번째 뜻이라면 또 다른 뜻은 그 사람의 사회적 지위나 계급을 가늠하기 위한 사회적 기름칠이다.

은행은 철저히 돈으로만 사람을 평가하는 곳이어서 이곳에서 가늠하는 지위나 계급은 곧 돈의 많고 적음과 동의어이기 십상이다.

화자는 그 전까지 은행에서 사무적인 태도로 남편의 직업을 묻는 절차는 종종 겪어본 적이 있었다.

하지만 지금 화자의 눈앞에서 화자에게 남편 성우가 뭘 하는 사람인지 묻는 은행원의 태도는 직업의 종류에 따라 이자를 차등 적용하려 할 때의 그것과는 확연히 달랐다.

그렇게 은행직원이 깜짝 놀라 성우가 무슨 일을 하는지 물어올 만큼 성우가 사우디에서 송금해 오는 월급의 규모는 국내에서와는 비교가 되지 않았다.

성우가 사우디에 간 첫 달부터 동국제강에 있을 때보다 5배 이상 많은 월급이 통장에 꽂히자 화자는 급히 빚부터 갚아나갔다.

서너 달이 지났을 무렵엔 그토록 진저리나던 빚의 굴레에서 벗어나 성우가 보내오는 월급을 꼬박꼬박 저축할 수 있을 정도가 됐다.

화자는 성우가 엽서에서 말한 '따뜻한 햇살이 비치는 평온한 바다'가 정말 꿈만은 아닐 것이라는 확신을 하기 시작했다.

따뜻한 햇살은 딸 연주를 통해 집안에 먼저 비치기 시작한 듯 보였다.

성우가 조선공사에서 일할 때부터 연주는 성우에게 행

운의 마스코트 같은 역할을 했다.

오랫동안 임시공에 머물러 있던 성우가 본공으로 고용 신분이 바뀐 건 그 해 조선공사가 건조하던 팬 코리아호의 작업에 실력 있는 크레인 기사가 필요해서였겠지만 성우는 하필 그 해 연주가 태어나자 연주가 복을 몰고 왔다고 입버릇처럼 말하곤 했다.

역으로 이번에는 성우가 사우디에서 온갖 잔업을 도맡아 하면서 한 달 송금액을 2000달러까지 늘리기 시작하자 연주가 유치원에 가게 된 것이었다.

은행 창구 직원이 깜짝 놀라 화자에게 성우의 직업을 묻게 된 것도 그 즈음이었다.

화자는 태어나서 처음으로 은행에서 뿌듯한 감정을 느끼게 됐지만 성우가 그만큼 사우디에서 고생을 하리라는 걱정에 돈도 중요하지만 몸이 더 중요하니 쉬어 가며 일하라는 내용으로 편지를 보냈다.

상윤은 자신은 언감생심 꿈도 꾸지 못했던 유치원에 동생이 가는 것을 보고는 입을 삐죽거렸으나 국민학교 2학년에 올라가는 자신과 연주는 이미 수준이 차이가 난다며 스스로 위안을 삼았다.

연주가 유치원을 다니기 시작하면서 화자는 상윤 때와

는 달리 이런 저런 행사들로 인해 유치원에 나가 다른 원생들의 엄마를 만날 기회가 많아졌다.

그렇게 기회 있을 때마다 만나다 유달리 친해진 사이가 민섭 엄마였다.

민섭 엄마는 남편이 불귀환선(한국으로 돌아오지 않고 해외를 계속 돌아다니며 화물을 운반하는 배)의 선장이라 남편을 기다리며 외로움을 달래는 처지였다.

민섭 엄마의 남편은 배와 함께 한국에 들어오는 것이 아니라 배가 연결 항공편이 있는 외국의 항구에 정박하면 비행기를 타고 몇 년에 한 번씩 한국으로 온다는 것이었다.

남편 성우를 사우디에 보내고 혼자 애들을 키우는 자신의 처지와 너무 비슷해 화자는 몇 번 만나지 않았지만 민섭 엄마와 급속히 친해진 것 같은 느낌이 들었다.

그 민섭 엄마가 불현 듯 소풍가는 버스 안에서 문현동 언덕배기 화자네 집을 가리키며 상처를 줬던 것이다.

마음에 큰 생채기가 생긴 화자는 소풍이 끝나고 헤어지면서 며칠 뒤 저녁을 함께 하자는 민섭 엄마의 얘기를 듣고 가야 할지를 망설였다.

"연주 엄마도 집에만 있으면 사람이 갑갑증 걸려요. 가끔씩 바람도 쐬고 그래야 한다니까. 맨날 빼기만 하지 말고. 이번엔 내가 한 턱 낼 테니 걱정 말아요."

망설이던 화자에게 민섭 엄마가 던진 마지막 말이 자존심에 불을 붙였다.

그렇지 않아도 버스 안에서 자신의 집을 향해 민섭 엄마가 별 생각 없이 던진 말에 속이 상하던 터에 자신이 한 턱 낼 테니 걱정 말라는 민섭 엄마의 말까지 듣고 보니 오기가 발동했다.

"각자 돈 내고 먹죠, 뭘. 갈게요. 언제 보는 거지요?"

며칠 뒤 화자는 막내 여동생 을호에게 아이들을 맡기고는 민섭 엄마와 약속한 저녁 자리에 나갔다.

국민학교 교사인 을호는 자신이 접어야 했던 교사의 꿈을 대신 이뤄 준 것 같아서 화자에겐 늘 자랑스럽고 기특한 동생이었다.

"빨리 돌아올 테니까 애들 잘 봐 줘. 상윤이 공부도 좀 봐 주고."

저녁 자리 장소는 화자가 결혼 전 근무했던 조선방직이 있던 곳이라 하여 흔히들 조방 앞이라 부르는 곳에 있는 고기집이었다.

조선방직 부지는 부산시의 계획과는 달리 결국 부산시청이 들어서지 못하고 부산의 대표적인 도매시장이 된 자유시장과 평화시장이 들어선 뒤 인근 시외버스 터미널을 통해 외지인들이 오가는 번화한 상업지역으로 변해 있었다.

화자는 친정을 가기 위해 조선방직 정문이 있던 자리에 들어선 평화시장을 지나갈 때마다 옛 추억에 잠겨 한참을 서서 바라보곤 했었다.

조방 앞 고기집에는 민섭 엄마 외에 외항선 기관장 남편을 뒀다며 민섭 엄마와 함께 한 번 만난 적 있는 뭉치 엄마로 불리는 40대 언니뻘 여자가 동석해 있었다.

일찌감치 저녁을 먹고 화자가 자리를 일어서려고 하자 민섭 엄마와 뭉치 엄마는 이렇게 일찍 갈 수 없다며 화자를 붙잡고는 가까운 호텔 나이트클럽으로 데리고 갔다.

결혼 이후 한 번도 가 본 적이 없는 나이트클럽에 들어서자 화자는 음악 소리에 정신을 차리지 못 했고 터질 듯 콩닥거리는 심장은 몸 밖으로 튀어나올 지경이었다.

민섭 엄마는 익숙하게 술을 주문하고는 함께 춤을 추자며 화자를 스테이지로 불러냈지만 화자는 이래도 되는가 싶어 자리만 지켰다.

잠시 후 언니뻘 뭉치 엄마가 30대 후반인 듯한 남자 2명을 데리고 돌아오는 걸 본 화자는 화들짝 놀라 자리에서 일어났다.

포마드 기름이라도 발랐는지 매끈하게 빗어 넘긴 머리의 남자들은 화자가 너무 급작스럽게 일어서자 멋쩍은 듯 자리에 앉으며 담배를 피워 물었다.

"연주 엄마, 아니지 여기선 누구 엄마로 부르면 안 되지. 화자 씨, 촌스럽게 왜 이래요. 앉아 봐. 오랜만에 나왔는데 자꾸 이러면 재미가 없잖아. 집에 가 봐야 별로 할 일도 없을 텐데."

"이건 좀…, 아니…. 아니, 아니, 아니, 다음에요."

화자는 손을 붙잡고 자리에 앉히려는 뭉치 엄마를 뿌리치고는 그 자리를 뛰쳐 나갔다.

집으로 돌아온 화자는 웃음인지 울음인지 모를 표정을 지으며 아이들을 끌어안았다.

'다음은 무슨…. 왜 그런 말을 했을까. 이게 뭔 꼴인지…. 다시는 민섭 엄마 안 만날 거야.'

그런 화자를 보며 동생 을호는 고개를 갸우뚱거리고는 집을 나서며 말했다.

"언니야, 상윤이 쟤 학교에서 국민교육헌장 외우라고 했는 갑더라. 어려울 텐데…. 난 가 볼게."

나이트클럽 사건 이후로 화자는 서먹해진 민섭 엄마와

는 유치원에서 간혹 얼굴을 마주하고도 자신이 먼저 피하고 말았다.

그 후로도 뭉치 엄마와 민섭 엄마는 수시로 나이트클럽에 가서 남자들과 어울려 놀곤 하는 눈치였지만 화자는 남편이 피땀으로 벌었을 돈을 함부로 쓰기가 무서워서라도 그런 곳에 다시는 가고 싶지 않았다.

대신 저녁이면 상윤 연주와 함께 구구단을 같이 외우거나 온통 한자어 표현 투성이인 국민교육헌장을 한 자 한 자 짚어가며 뜻을 가르치면서 아이들 공부를 돌보는 데 시간을 보내려 애를 썼다.

밤이면 화자네 집에선,

"아직 7단 다 못 외웠나? 내일까지 8단 외워야 바나나 사줄 건데. 바나나 안 먹고 싶나. 어떡할까?"

"우리는 민족 중흥의 역사적 사명을 띠고 이 땅에 태어났다. 여기서 중흥은 다시 일어난다는 뜻이야. 다시 중, 일어날 흥. 사명은 맡겨진 명령이란 뜻이고. 시킬 사, 명령 명."

이런 소리가 끊이질 않았다.

엄마와 함께 하는 공부에 재미를 들인 상윤은 밖을 쏘다니다 이웃집에서 버린 폐지 더미 속에서 국민학교 고학년

전과 따위를 주워 와서 읽으며 엄마에게 분수를 가르쳐 달라고 조르기도 했다.

"국민학교 2학년 짜리가…. 하하하. 두자리 수 곱셈 나눗셈은 할 수 있나?"

철모르는 아들이 수준에 안 맞는 공부를 하겠다고 설치자 살짝 면박을 주면서도 폐지 더미에서 책을 갖고 와 장난감처럼 가지고 놀고 있는 아들이 대견해 웃음을 참지 못하는 화자였다.

그렇게 아이들과 부대끼며 언덕배기 집을 지키던 어느 날 화자에게 예상치도 못 했던 일이 벌어졌다.

화자네에 전세를 놓고 있는 집 주인이 찾아와 조만간 문현동 언덕배기 일대가 철거된다며 집을 빼야 한다고 통보한 것이었다.

집 주인은 철거 이주비를 다 받은 듯 화자를 보고 "전세금을 빼 줄 테니 다른 곳을 찾아 보라"는 말을 남기고는 뒤도 돌아보지 않고 가 버렸다.

아마도 철거민이 될 화자가 갈 곳을 잃고는 집 주인에게 매달리는 장면이 이어지기라고 할 것으로 생각한 모양이었다.

화자는 소풍 가는 버스 안에서 민섭 엄마가 무심코 내뱉은 말 때문에 사는 곳으로 인한 상처를 받은 데 이어 집 주인이 그런 통보를 하고 가자 이참에 집을 장만해야겠다고 결심했다.

성우가 사우디에 가기 전까지는 빚만 다 갚고 살아도 좋겠다고 했던 것이 연주가 유치원에 들어갈 때 쯤에는 이제 우리 집을 마련해 볼 수 있지 않을까 하고 생각하던 참이기도 했다.

며칠을 수소문 한 끝에 지금 살고 있는 집에서 동천 너머로 보이는 아파트 급매물이 하나 나와 있다는 사실을 알게 된 화자는 복덕방을 통해 집을 보러 갔다.

4층짜리 4개동으로 이뤄진 아파트 세 번째 동 꼭대기층의 15평 방 2개짜리 아파트는 남쪽으로 베란다 창이 나 있어 따뜻한 볕이 하루 종일 들어오는 것이 화자의 마음에 쏙 들었다.

준공이 된 지도 6개월이 채 되지 않아 새 아파트나 마찬가지라는 점도 화자의 마음을 끌었다.

화자는 550만원이라는 그 아파트를 집 주인과 서로 팔아야 하는 형편의 시급성과 사야 하는 형편의 빠듯함을 놓고 읍소에 가까운 밀고 당기기를 한 끝에 500만원에 사기로 하고 계약을 했다.

그동안 모아두었던 돈을 거의 다 부어야 했을 정도로 거금을 넣어 생애 첫 집을 마련한 화자는 벅찬 마음에 당장이라도 이 사실을 성우에게 알리고 싶었다.

마침내 철거일이 다가왔다.

흔히들 철거민에게 더욱 가혹다고 하는 겨울이 아니라 늦봄이라는 사실이 그나마 다행스러웠지만 철거를 당해야 하는 입장에선 계절을 막론하고 서럽긴 마찬가지였다.

이웃들 상당수가 갈 곳을 마련하지 못하고 철거를 당했기 때문에 화자는 남 같지 않은 마음에 슬픔 속에서 이웃들과 이별 인사를 해야 했다.

슬퍼하는 만큼 자신과 아이들이 갈 집이라도 마련할 수 있도록 먼 타국에서 피땀을 흘리며 오늘도 고생하고 있을 남편 성우에 대한 고마움은 더욱 컸다.

이사를 가는 날에도 상윤은 등교를 해야 했기에 상윤이 하교할 때 이곳으로 오면 외할아버지 현제가 이곳을 찾아와 상윤을 데리고 오기로 했다.

오전에 별다른 말을 듣지 못한 채 문현동 언덕배기 집을 나서 학교를 갔다가 오후에 돌아온 상윤은 집 앞에 다다라 그만 자리에 주저 앉고 말았다.

학교 갈 때 멀쩡하게 집이 있던 자리는 흔적을 찾을 수 없을 만큼 쑥대밭으로 변해 있었고 마을이 있던 자리도 곳곳이 굴착기에 파헤쳐져 폭격을 맞은 듯했기 때문이다.

상윤은 집이 흔적도 없이 부서져 사라졌다는 사실에도 충격을 받았지만 가족들도 간 곳을 모른다는 사실에 망연자실해 펑펑 울기 시작했다.

'말 안 들으면 영도다리 밑에 버린다고 하더니 여기에 버리고 간 거야? 여긴 영도다리도 아닌데….'

그동안 말 안 들었던 게 뭐가 있었을까를 되짚으며 상윤이 펑펑 울고 앉아 있자 굴착 작업을 하던 인부가 "니 거기서 뭐 하노"라며 다가왔다.

"아저씨, 우리 집이 와 이리 됐습니꺼. 우리 어머이가 날 버리고 갔어예. 엉엉. 아저씨, 우리 어머이 좀 찾아 주이소. 엉엉."

작업에 방해된다고 아이를 쫓아 보내려고 온 인부는 아이의 말에 기가 찬 듯 혀를 끌끌 차고 서 있었다.

그 때 저 멀리서 이젠 반쯤 머리가 벗어져 완연히 할아버지 티가 나는 현제가 헐레벌떡 문현동 언덕길을 뛰어올라 왔다.

눈물 사이로 외할아버지를 발견한 상윤은 가방을 던져 놓고 뛰어가 현제에게 안기며 울부짖었다.

"외할아버지, 우리 집이 없어졌습니더. 어머이도 없고예. 어머이 말씀 잘 들을 게예. 다시는 말 안 듣고 안 그랄게예. 엉엉. 버리지만 마이소. 엉엉."

그날 오전 동네의 법적 문제로 고발 서류 작성을 도와주고 있던 현제는 생각보다 일이 늦어지는 바람에 상윤의 하교 시간에 맞춰 도착하지 못했던 것이다.

외할아버지 손을 잡고 새 아파트로 간 상윤은 새 집을 살필 새도 없이 화자를 보자마자 안고는 또 다시 펑펑 울면서 "말 잘 들을게예"를 몇 번이고 되뇌었다.

"원, 녀석도. 우리가 널 왜 버려. 널 잃을까봐 더 걱정했다, 이 녀석아…."

모케트

그렇게 어두운 모케트의 얼굴은 제다에 온 이후로 처음 보는 것이었다.

16개월 전 첫 인연을 맺고 숱한 고비를 함께 넘겨 온 모케트는 표정만 봐도 이제 무슨 말을 하려는지 알 정도가 됐지만 그날만큼은 모케트가 무슨 말을 하려는지 도무지 알 수가 없었다.

성우는 영어로 욕인 듯한 소리를 내뱉으며 모케트가 숙소로 들어올 때부터 평소 같지 않은 분위기에 신경이 곤두섰다.

모케트 뒤로는 가끔씩 한국인 숙소에 들어갈 때 신발을 벗어야 한다는 사실을 까먹는 모케트와는 달리 통역 명준이 신발을 벗어 입구에 가지런히 놓고 있는 모습이 눈에 띄었다.

명준은 영국인들처럼 현란하게 발음을 꼬지 않는 영어를 구사하면서도 몇 마디 말로도 갈등 상황을 부드럽게 만드는 능력이 뛰어나 한국인들에게 갈등 조정 역으로도 인정을 받아 왔다.

그런 명준이 따라 왔다는 것은 모케트의 심기가 불편하다는 걸 무언으로 보여주는 것이라고 성우는 생각했다.

"미스터 리, 당신 나라는 이해할 수가 없어."

"그게 무슨 소리요?"

"당신 일 잘 하니까 당신 같은 사람들 많이 보내달라고 했어."

"그래서 해외개발공사에서 곧 3000명 추가로 보내 주기로 돼 있잖아요?"

"방금 연락이 왔는데 안 보내 주겠다고 해. 우리더러 어쩌라는 건가."

성우는 한국을 대표하는 자격도 없는 자신에게 모케트가 투정을 부리는 것도 어이가 없었지만 곧 보낸다던 3000명을 해외개발공사씩이나 되는 공기관에서 안 보내겠다고 했다는 것은 더욱 어이가 없었다.

"뭔가 착오가 있었겠지요."

성우가 어이가 없다는 표정으로 모케트에게 이렇게 대꾸하자 통역을 하던 명준이 보다 못해 한마디를 했다.

"방금 해외개발공사에서 연락이 왔는데 정말로 안 보내 준답니다. 일은 크게 벌여 놓았는데 사람은 안 온다 하니 그레이 맥킨지가 지금 난리가 났습니다."

성우는 황당한 표정으로 곁에 서 있는 덕재를 바라보며 자신도 말문이 막혀 옴을 느끼고 있었다.

"꼬리, 갓 핸드(신의 손). 갓 핸드."

성우가 내리친 수도에 벽돌이 두 조각이 나자 예멘, 인도, 필리핀 등지에서 온 노동자들은 너도나도 성우의 손을 만지며 이렇게 외쳤다.

일본에서 극진공수도를 창시해 전설 같은 대결과 격파를 선보이며 서양인들에게 '신의 손'이라 불렸던 최배달과는 비교할 수 없을지라도 성우는 이 순간만큼은 자신이 최배달이라도 된 것 같은 기분에 휩싸였다.

뇌 수술 이후 운동은 거의 손을 놓고 있었기에 격파는 꿈에도 생각하지 않던 그가 외국인 노동자들 앞에서 격파를 하게 된 건 덕재 때문이었다.

필리핀 노동자들을 제외하고는 사우디 제다에서 한국인 노동자들은 타국에서 온 노동자들에 비해 덩치가 상대적으로 아주 작았다.

한국인 노동자들은 자신들보다 머리 하나는 더 큰 외국인 노동자들에게 주눅이 드는 경우가 많았다.

시비라도 붙게 되면 타고난 뼈대가 다른 탓인지 덩치가 작은 한국인들은 한 대 얻어맞고 며칠을 앓아눕는 경우도 있었다.

여기에다 형무소에서 복역하다 감형을 받는 조건으로

사우디까지 흘러온 이들이 많은 필리핀 노동자들은 덩치가 작아도 늘 시한폭탄 같은 분위기를 풍기곤 해 긴장을 놓을 수가 없었다.

성우는 사고를 치면 안 된다는 장인 현제의 당부에 따라 일에만 몰두해 왔기에 한동안 이 같은 분위기에는 일절 관심이 없었다.

목선 진수 성공 이후 한국인 노동자의 주가가 한껏 올라가던 시기에는 잔업 수당을 한껏 벌기 위해 하루 20시간씩 일하며 잠을 쫓기 위해 자신과 싸움을 하느라 곁을 돌아볼 여유도 없었다.

그러던 성우는 어느 날 룸메이트 덕재가 흙투성이가 돼 숙소로 돌아온 것을 보고는 무슨 영문인지 물었다.

"인도 애들과 쉬는 시간에 씨름을 했는데 덩치가 딸려서 처박히뿄습니더. 형님은 옛날에 유도했다 안 캤습니꺼. 점마들한테 이길 수 있으면 이 원수 함 갚아 주이소, 고마."

성우는 눈꺼풀 무게만 해도 무거운데 힘이 남아도느냐며 핀잔을 주고는 돌아누웠으나 자신이 유도를 한 사실을 덕재가 들먹이자 오랜만에 잊었던 열정이 가슴에 타오르는 것을 느꼈다.

사흘 뒤 잔업을 마치고 지친 몸으로 크레인을 내려와 숙소로 가는 길에 성우는 또 다시 덕재가 한 무리의 외국인들과 몸싸움을 하는 장면을 보게 됐다.

덩치에 밀려 나뒹구는 덕재를 보고는 발끈해진 성우가 비켜보라며 소매를 걷고는 인도인으로 보이는 상대와 마주섰다.

자기보다 머리 하나 이상 키가 큰 상대가 레슬링을 하듯 힘으로 밀어붙이고 덤벼들자 성우는 재빨리 무게 중심을 낮춰 상대 밑으로 파고 든 뒤 엉치뼈에 상대를 얹어 퉁기며 업어치기로 던져버렸다.

달려드는 힘이 센 만큼 상대는 엄청나게 큰 궤적을 그리며 나가떨어졌기에 순식간에 제다항에는 성우가 덩치 큰 상대를 한 방에 날려버렸다는 소문이 구석구석까지 퍼졌다.

목선 진수로 크레인 조종 스타가 된 성우는 이번엔 엉뚱하게도 몸싸움으로 화제의 중심에 서게 된 것이었다.

하지만 그것이 오히려 온갖 국적의 덩치들로 하여금 성우를 향한 또 다른 호승심을 갖게 하는 일이 될 줄을 성우는 미처 몰랐다.

자기와 한 번 붙자고 청해오는 덩치들을 피하기 급급하던 성우는 이러다 사고를 일으키지 말라는 장인의 말을 지키지 못할 것 같다는 생각에 꾀를 냈다.

덕재를 통해 날을 잡아 각 국의 어지간한 덩치들을 개러지 옆 광장에 모아오라고 한 뒤 벽돌을 하나 집어 들고 나간 것이다.

거기서 성우는 장권형, 단권형, 공산군형, 팔기권형 등 공수도를 익히던 시절의 품새와 자신의 장기인 옆차기를 잇따라 보여준 뒤 맨손 벽돌 격파 시범 준비를 시작했다.

오랜만에 하는 격파였기에 벽돌까지 격파를 할 수 있을지는 확신이 서지 않았지만 성우는 벽돌 정도는 격파해야 외국인들이 두려워할 것이라는 생각에 벽돌 격파를 감행했다.

'주저하면 다친다. 사정없이 체중을 실어 내리쳐야 한다. 벽돌이 깨지면 손은 안 아프다. 주저하지 마라. 주저하지 마라, 성우야.'

성우는 벽돌 위에 수도를 얹고는 심호흡을 하며 속으로 이렇게 되뇌다 체중을 실어 벽돌을 내리쳤고 오랜만의 격파는 깨끗하게 성공을 했던 것이다.

아직까지 해외에 태권도가 그리 널리 알려지지 않았던 시절이었기에 성우의 시범은 그의 손을 붙잡고 '신의 손'이라며 놀라는 노동자들뿐만이 아니라 그레이 맥킨지 측에도 깊은 인상을 심었다.

그레이 맥킨지는 당장 모케트를 통해 성우에게 각국의 노동자들과 영국인 직원들을 위해 태권도를 가르쳐 줄 수 없겠느냐는 제안을 해 왔다.

숙소에 마련된 헬스기구를 가지고 근력 운동을 하는 것 외엔 마땅한 운동을 하기 어려웠던 열사의 땅에서 태권도를 운동으로 도입할 수 있다는 건 그레이 맥킨지 측으로서도 반가울 수밖에 없었다.

성우는 자신이 큰 수술을 받았기 때문에 전문적으로 운동을 가르치긴 힘들다고 사양했지만 그레이 맥킨지 측은 취미로 배울 수 있을 정도면 충분하다며 거듭 부탁했다.

거듭된 부탁에 결국 성우는 한국에서도 해 보지 못한 태권도 관장 역할을 머나먼 사우디 땅에 와서 하게 됐다.

이 즈음엔 자신이 송금한 돈으로 빚을 다 갚고 집도 장만했다며 몸을 더 아끼라는 화자의 편지도 와 있었기에 성우는 잔업을 줄이고 틈틈이 태권도를 가르치는 데 힘을 기울였다.

그레이 맥킨지 측에 요청해 도복까지 맞추고 숙소 휴게실을 도장 삼아 태권도를 가르치자 인도, 예멘, 파키스탄, 필리핀, 영국 등 5개국 출신의 노동자와 직원들이 몰려와 태권도를 배우기 시작했다.

제다항에서 태권도를 가르친다는 소문은 항구 밖으로도 퍼져 제다의 킹압둘아지즈대학에서 태권도를 가르치는 한국인 교수 유흥수 씨가 성우를 만나기 위해 제다항을 찾아오기도 했다.

"대학에서는 영어로 태권도를 가르치십니까. 전 교수님처럼 영어를 잘 못해서 그냥 한국말로 가르칩니다."

"오히려 한국말로 그냥 가르치는 게 더 나을지도 모르지요. 일본 유도도 코카(효과), 유코(유효), 와자아리(절반), 잇폰(한판)이라고 자기들 말 그대로 쓰지 않습니까. 저는 앞차기는 프론트 킥, 옆차기는 사이드 킥, 돌려차기는 스핀 킥 하는 식으로 가르치고는 있는데 좀 어색합니다. 하하."

성우와 유 교수는 처지는 다르지만 해외에서 태권도를 가르치는 입장에서 아직 공수도 티를 다 벗지 못한 태권도의 품새와 대련 체계에 대해 함께 고민하느라 시간이 가는 줄도 몰랐다.

근면하고 일을 잘 하는 데다 성우처럼 특이한 이력으로 기대 밖의 도움을 주기까지 하는 한국인 노동자에 대한 호평은 그레이 맥킨지가 한국인 노동자를 대거 늘리기로 결정하는 결과로 이어졌다.

한국인을 고임금의 미국인 노동자를 대체할 완벽한 노동력으로 인식한 그레이 맥킨지는 제다항을 중심으로 작업 현장을 늘리면서 한국의 해외개발공사를 통해 단일 현장으로서는 최대 규모인 3000명의 한국인 노동자를 파견해 줄 것을 요청했다.

그렇게 한국인 노동자의 사우디 입국만 기다리던 차에 갑자기 해외개발공사가 인력 파견을 하지 않겠다고 통보해 온 바람에 모케트가 성우를 찾아와 괜한 분풀이를 한 것이었다.

며칠 후 한국인 숙소에서는 그레이 맥킨지에서 받는 한국인의 임금이 중동에 진출해 있는 다른 한국 기업들이 주는 임금보다 많이 높아서 한국 기업들이 임금 밸런스가 맞지 않다며 그레이 맥킨지 추가 인력 파견을 반대하는 의견을 해외개발공사에 넣었다는 소문이 퍼졌다.

"자기들이 더 주면 될 거를 다른 사람들이 더 받을 수 있는 길을 막아뿌믄 우짜노. 문디 자슥들."

국적 기업 종사자들의 사기를 생각하면 이해 못할 일은 아니었으나 성우와 덕재는 그레이 맥킨지에 쌓아 놓은 한국인에 대한 좋은 인상과 여기에서 얻었을 이름 모를 한국인들의 기회가 날아가 버린 게 너무 안타까웠다.

인력 수급에 비상이 걸린 그레이 맥킨지는 미국인의 대체재로 한국인을 투입했듯이 한국인의 대체재로 필리핀인을 투입하기로 결정했다.

필리핀은 그 전까지는 형무소에서 감형을 조건으로 인력을 파견하기도 했으나 새로 대규모 노동력을 보낼 수 있는 기회가 주어지자 노동력의 질을 높이는 모양새였다.

한국인과는 비할 바가 아니었으나 한 달 동안 500~600명씩 차례차례 도착한 3000명의 필리핀인들은 한국인들에게 기술을 전수받으며 곧잘 적응하기 시작했다.

인력 시장이라는 것도 살아있는 생물과 같은 것이어서 상황이 바뀌는 대로 끊임없이 새로운 조건을 찾아 진화하기 마련이다.

그레이 맥킨지는 한국인 대신 필리핀인 3000명을 받아야 하게 됐을 땐 당황해 하는 기색이 역력했지만 필리핀인들의 기술이 예상보다 빨리 어느 정도 수준에 이르자 한국인들보다 싼 임금으로 비슷한 효율을 낼 수 있다는 사실에 오히려 만족하는 듯했다.

미국인 노동자들이 한국인에게 밀려 제다에서 일자리를 잃고 물러나야 했듯이 이젠 한국인들이 필리핀인들에게 밀려 일자리를 잃을 판이 된 것이었다.

성우가 제다에 온 지 2년이 다 돼 갈 무렵부터는 그레이 맥킨지와 재계약을 하지 못하고 한국으로 돌아가는 노동자들의 수가 점점 늘어났다.

사우디에 온 뒤 서른을 넘기며 노총각 대열에 합류한 덕재도 한국에서 사귀던 간호사 아가씨를 못 잊어 하다 최근 그 아가씨로부터 편지가 오자 결혼을 해야 한다며 재계약을 포기하고 며칠 전 한국으로 돌아가 버렸다.

2년 가까이 늘 붙어 다니다 정이 들어 동생처럼 지내온 덕재가 가버리자 성우는 방이 텅 빈 것 같은 외로움에 마음이 울적해졌다.

언제까지나 계속 이어질 것 같던 이곳 제다에서의 생활도 종착역에 다다르는 날이 찾아왔다.

"미스터 리, 제다에서 계속 일할 거지?"

모케트가 필리핀인들만으로 고난도 작업을 하기가 쉽지 않다고 푸념하며 오랜만에 숙소를 찾아온 날 성우는 명준을 통해 이렇게 말했다.

"모케트 씨, 나도 이제 떠날 때가 온 것 같네요. 가족도 보고 싶고 언제까지 여기서 일할 수도 없고…. 여기에서 일하면서 빚도 갚고 집도 사고 해서 그레이 맥킨지에게는 고

마을 따름입니다. 여러 모로 도와준 모케트 씨 당신도 정말 고마운 친구요."

어깨를 으쓱하면서 성우의 이야기를 듣던 모케트는 입맛을 다시며 슬픈 표정으로 "정말 유감"이라는 말만 거듭했다.

성우가 조만간 제다를 떠난다는 사실이 알려지자 성우를 사부로 모시고 수개월 간 태권도를 배우던 제다의 '다국적 제자'들은 태권도를 배우던 휴게실에 성우를 모시고 와 그동안 배운 태권도 시범을 선보이며 사부와의 이별을 아쉬워했다.

1978년 2월 성우는 마침내 제다에서 김포공항행 대한항공 여객기에 몸을 실었다.

불과 2년이었지만 그 사이 국적기가 김포에서 제다까지 직항으로 오갈 만큼 한국의 위상은 국제적으로 올라가 있었던 것이다.

성우는 처음 제다로 올 때까지 비행기를 수차례 갈아타며 겪었던 고단함과 담맘에서의 수모를 떠올리며 허벅지 위에 놓인 손가방 속 물건을 만지작거렸다.

손가방 안에는 성우가 아들 상윤과 딸 연주에게 주려고 산 미키마우스 손목시계 2개와 초소형 녹음기가 가장 큰 촉감으로 자신들의 존재를 알리고 있었다.

그 옆엔 아내 화자에게 줄 오팔 반지가 작지만 아이들 선물보다 더 큰 존재감으로 성우의 손끝을 자극했다.

부친 극상의 폐병으로 인해 급히 집을 나와야 하는 바람에 팔았던 패물 대신 화자에게 주기 위해 성우가 제다를 다 뒤지다시피 해서 마련한 반지였다.

눈을 감고 가족들에게 줄 선물을 손끝으로 느끼는 성우의 머리 속에는 벌써부터 선물을 들고 환하게 웃고 있는 아이들과 그 뒤에 서서 오팔 반지를 끼고 미소를 짓고 있는 아내 화자의 얼굴이 자리잡고 있었다.

기억2

거기까지 아버지의 이야기를 듣던 그는 아버지가 새로 이사한 아파트로 돌아오던 날을 기억해냈다.

겨울의 끝자락에 집으로 돌아온 아버지는 그가 미처 알아보지 못할 만큼 새카맣게 그을린 얼굴로 그와 동생 연주를 보고는 멋쩍은 웃음을 지었다.

그도 연주도 기억 속에 자리 잡은 아버지의 모습과 달라진 듯한 느낌에 어머니 뒤에 숨어 눈치만 보고 있었고 아버지도 당신 기억 속의 아들과 딸보다 훌쩍 커버린 그와 연주를 보고 서먹한 기분이 드는 듯한 표정으로 서 있었다.

집에 들어가 아버지가 미키마우스 시계와 녹음기, 망원경 같은 선물 꾸러미를 펼치고서야 그와 연주가 경계를 푼 고양이처럼 아버지 곁에 모여들었던 그 기억이 떠오르자 그는 아버지를 돌아보며 말했다.

"아버지, 그 때부터는 저도 잘 압니더."

새벽부터 시작된 아버지의 이야기는 점심 때까지 이어졌다.

딱딱한 병원 벤치에 앉아 그 긴 얘기를 쉬지도 않고 듣는 것은 고역이라면 고역일 수 있었으나 그는 숨죽이며 듣느라 몸이 보내는 신호를 느낄 겨를도 없었다.

그의 뇌에 그다지 기억의 유산을 남기지 않은 어린 그가 얘기 속에 종종 등장하지만 철저히 조연일 뿐 대부분의 이야기는 같은 시공간을 살아온 아버지와 어머니가 오롯이 채워온 것이었다.

그 힘든 시간의 주연을 맡아 지금의 그가 있을 수 있도록 살아 온 아버지 어머니는 그가 지금까지 안다고 생각했던 그런 아버지 어머니와는 너무나 달라 보였다.

그의 뇌에 남은 유산이 아버지의 얘기와 선명하게 이어지기 시작하자 그는 비로소 자신도 아버지 어머니의 삶과 연결된 한 명의 인격체가 될 수 있을 것 같다는 기분이 들었다.

얘기 도중 아버지는 감정의 극단을 오가곤 했기 때문에 그로서도 그런 아버지의 모습을 지켜보며 감정을 상당히 소모해야 했다.

특히나 귀국 후 어머니로부터 들은 스님의 충고 얘기를 할 때는 어머니가 지금 병원에 있는 것이 그 일과 관련이라도 있는 듯 자꾸만 나중에라도 뭔가를 해야 했다고 하는 통에 그가 그게 아니라며 아버지를 진정시켜야 할 정도였다.

때마침 연주가 시간이 지나도 오지 않는 그를 찾아 잠시 나와 이야기를 끊지 않았다면 그도 아버지도 그 순간 감정의 소모를 견디기 힘들었을지도 몰랐다.

이야기가 끝나고 다시 신경외과 중환자실로 돌아온 그는 침대에 누워있는 어머니를 보며 아버지의 이야기 속 할아버지의 심정이 된 듯한 기분이 들었다.

뇌 수술을 했던 아버지의 건강만 걱정하느라 정작 당신의 몸을 챙기지 못 하고 이렇게 누워 있는 어머니의 모습에서도 할아버지의 모습이 겹쳐 보였다.

그는 아버지를 돌보느라 몸이 상하는지도 모르고 비극적인 임종을 맞아야 했던 할아버지 얘기를 떠올리며 왜 아버지가 중환자실에 엎드려 있는 그와 연주를 보고 병원이 끔찍하다고 했는지 환자를 돌보는 게 얼마나 힘든지 아느냐고 했는지를 이해하기 시작했다.

둘이서 어머니를 돌보겠다고 고집을 피우는 그와 연주의 몸이 상하지 않도록 하기 위해 어머니와 아버지의 형제자매들은 생업을 뒤로한 채 언니가, 누나가, 동생이, 형수가 깨어나길 기도하며 중환자실을 교대로 지키기 시작했다.

가족과 형제 자매들의 기도가 무색하게도 어머니는 수술 첫날 그가 도착해 손을 잡을 때만 해도 손을 맞잡고 손바닥에 글을 쓰듯 손가락을 움직일 정도였으나 날이 지날수록 움직임이 점점 잦아들었다.

의사들은 정해진 시간 무더기로 회진이라는 명목으로 찾아와 어머니의 몸 여기저기를 꼬집거나 눌러보며 상태를 살펴볼 뿐 별다른 조치를 취하지도 않은 채 돌아가곤 했다.

간호사들도 수액이 다 떨어졌다는 보호자의 요청에 심드렁하게 수액 링거를 교체하거나 뇌에 남아있을지도 모르는 미세 혈액의 분해 배출에 필요한 약물을 가끔씩 주입하러 오는 것 말고는 중환자실 환자라고 특별히 관심을 기울이는 것 같지도 않았다.

병원에 도착한 지 사흘 정도는 병원의 이 같은 사무적인 태도에 화가 났던 그도 더 이상은 어머니에게 병원이 해 줄 수 있는 게 없다는 사실을 깨달으며 어머니의 자연치유력을 믿고 기다리는 수밖에 다른 도리가 없었다.

'어머니 제발, 아버지가 그러셨던 것처럼 일어나기만 해 주이소. 일어나기만 하시면 아버지가 그러셨던 것처럼 사실 수 있다 아닙니까. 제발 어머니, 아버지가 그러셨던 것처럼…. 아버지가 그러셨던 것처럼….'

처음 어머니가 중환자실에 누워있는 것을 마주했을 때와는 달리 그는 아버지의 이야기를 들은 후부터는 혼자 밤에 어머니를 돌볼 때면 울면서 이렇게 어머니 귀에 속삭이

곤 했다.

사람의 기관 중에 의식을 잃은 상태에서도 끝까지 작동하는 것이 청각기관이라는 사실을 어디에선가 본 적이 있는 그는 아버지의 얘기를 누구보다 잘 아는 어머니께 아버지처럼 일어나시라는 얘기를 들려드리기로 한 것이었다.

'卒 陰 1994年 2月 8日'

공원묘지 비석을 한참 쳐다보던 그는 비석 옆면에 각인된 그 문구에서 눈을 떼지 못했다.

어머니는 병원에 입원한 지 여드레 만에 결국 임종을 맞이했다.

젊은 시절 뇌 수술의 충격을 이겨내고 어머니와 새로운 삶을 다시 찾은 아버지와는 달리 어머니는 가족의 곁으로 돌아오지 못했다.

인생은 한 가족에게 기적 같은 일을 몇 번씩이나 안겨주지는 않는 듯했다.

사고를 당한 아버지가 회복한 것도, 할아버지의 결핵에도 가족이 무사했던 것도, 사우디까지 가서 삶의 희망을 다시 찾은 것도 모두 기적 같은 일이었다.

그 기적의 뒤엔 다른 가족의 피나는 희생이 있었음을 아버지의 이야기를 통해 알게 된 그는 어머니에게 기적이 오지 않은 것이 자기 탓은 아닐까 싶어 오랫동안 고통스러워했다.

병원에서 어머니에 대한 의사의 사망 진단이 있은 이후 아버지가 어머니의 손을 붙잡고 "그동안 당신 때문에 행복했다"며 눈물을 흘리는 모습을 끝으로 그의 기억은 다시 끊어졌다.

사흘 동안 장례를 치렀을 터이지만 그는 어떻게 장례를 치렀는지 기억이 거의 나질 않았다.

그런 그에게 유달리 선명하게 남아있는 기억이 비석에 새겨진 음력 날짜였던 것이다.

그에게 어머니가 돌아가시기 전후의 날짜는 기억 속에 그렇게 평생 음력으로만 남았다.

후기

2021년은 나에게 여러 모로 많은 의미가 있는 해였다.

그 중에 가장 크게 가슴에 와 닿은 의미는 내가 어느덧 내 기억 속의 어머니보다 나이가 더 많아졌다는 것이었다.

언제나 나보다 더 큰 어른으로서 나의 머리를 어루만져 줄 것만 같은 모습으로만 남아있는 그 어머니가 이제 나보다 더 젊어지신 것이다.

아들의 기억 속에서 날마다 그 아들의 나이보다 젊어져 가는 어머니를 떠올린다는 것은 문득 어머니에 대한 그 아들의 기억이 점차 옅어짐과 같을 수 있다는 두려움이 밀려왔다.

2021년에 맞은 두 번째 큰 의미는 아버지가 팔순이 되셨다는 사실로부터 다가왔다.

그것은 나에게 젊은 시절 큰 사고로 인해 평생 당신의 몸과 정신을 가다듬으려 노력해 오신 아버지의 기억도 점차 옅어질 수 있다는, 아니 더 빨리 옅어질 수도 있다는 의미로 읽혔다.

어머니의 와병 이후 아버지로부터 들었던 그 많은 얘기들을 어설프게 기억하는 나로선 나의 기억과 아버지의 기억이 더 이상 옅어지기 전에 무언가 기록을 남겨야 한다는 절박감이 들기 시작했다.

그 절박감은 비극적인 가족사를 되돌아보고 정리해야겠다는 개인적 의미에서 비롯한 것일 수도 있었겠으나 부산 영도에서 사우디 제다에 이르도록 가족사에 투영된 그 시절 이야기가 그냥 잊히기엔 너무나 소중하다는 사회적 의미에서 비롯했을 수도 있었다.

다행히 아버지는 내게 해 주신 이야기를 비망록처럼 노트에 빼곡하게 적어 놓으셨다.

그것은 아마도 젊은 시절 겪었던 큰 수술로 인해 무언가를 잊지 않기 위해 평생을 통해 가다듬어진 습벽이었을 것이다.

순서를 따지지 않고 두서없이 생각나는 대로 써 내려간 그 노트는 가족사를 전혀 알지 못하는 이들이 보기엔 혼란스러운 것이겠지만 나에겐 그토록 절절한 기록이 없을 만큼 소중하게 느껴졌다.

때로는 누군가를 원망하기도 하고 때로는 평생을 고마워하기도 하며 때로는 안타까움에 땅을 치고 후회를 하거나 때로는 세상을 다 가진 듯한 환희에 가슴 벅차하며 써 내려간 노트는 나에게 어떤 역사적 기록보다 생생한 자료였다.

전국을 떠돌거나 일본과 만주까지 옮겨 다니다 부산으로 올 수밖에 없었던 조부와 외조부의 사연, 그 시절 부모님의 취직과 결혼을 둘러싼 부산 기업과의 인연, 중동 오일 달러를 벌기 위해 한국인들이 열사의 땅에서 겪어야 했던 숱한 시행착오 등은 그 자료에서 생명을 얻은 이야기들이다.

특히나 책에 나오는 사우디 제다를 무대로 한 한국인 노동자들의 중동 생활사는 그동안 다른 해외 진출 노동자들의 생활사에 비해 잘 다뤄지지 않은 것들이어서 더욱 소중했다.

수년 전 정치권 일각에서 오일 달러를 벌기 위해 그 뜨거운 사막의 땅에서 젊음을 불살랐던 수많은 노동자를 기리는 날을 만들자는 논의가 잠시 일기도 했으나 과문한 탓인지 그 후속 조치를 듣지 못했다.

1970년대부터 1980년대까지 중동에서 일한 한국인 노동자는 200만명이 넘는다.

한때 그들이 송금한 오일 달러가 한국 외환보유액의 70%를 넘던 시절도 있었다.

그 오일 달러가 한국을 다시 일으킨 공업 입국의 초석이 됐고 1990년대 이후 풍요의 밑거름이 됐음을 잊어서는 안된다.

그 산업 전사들이 이제 70~80대 고령이 돼 가는 지금, 우리는 그들을 기리기 위해 작은 무엇인가라도 해야 한다고 생각한다.

책 사이사이에 나오는 무술에 대한 언급은 크레인 조종

사 이외에 아버지의 또 다른 정체성이 무술인이었기 때문에 필연적으로 나온 것이다.

아버지는 사우디에서 돌아오신 뒤에도 부산항에서 갠트리크레인(컨테이너크레인) 조종사로 근무하며 시간 당 컨테이너 60개를 선적하는 기록을 남길 정도로 크레인 조종에 있어서는 타의 추종을 불허했다.

하지만 아버지는 크레인 조종에 대해서 만큼이나 태권도와 유도 등 당신이 사고로 인해 계속 할 수 없었던 무술에 대한 애정과 열정도 뜨거웠다.

아버지의 그런 열정은 이 책에서도 나오듯 돈을 벌러 간 사우디에서 엉뚱하게도 태권도를 가르쳤던 사실에서 두드러진다.

아버지는 태권도 명칭을 둘러싼 논란에서 중요한 사료가 될 수 있는 문서를 평생 보관하면서 무술에 대한 짝사랑을 끝까지 간직했다.

지역 언론인 부산일보가 2009년 아버지의 그 문서를 토대로 태권도 명칭 논란에 대한 기사를 보도함으로써 그 짝사랑의 미련이 약간은 풀리는 기회가 됐다.

그 이후 태권도진흥재단 측이 아버지를 찾아와 그 문서를 비롯해 현역 시절 아버지의 단증과 무술 동작이 담긴 사진 등을 중요한 사료로 기증받아 갔다.

현재 그 사료는 전북 무주에 문을 연 태권도원에 수장돼 있고 아버지는 태권도계의 원로로서 인정받고 있다.

처음엔 아버지의 시각으로 회고록을 써 볼 계획이었지만 나보다 젊어진 어머니를 떠올리고는 이야기의 형식을 바꾸게 됐다.

어머니를 떠올릴 때면 늘 기억의 들머리에서 나를 슬프게 짓누르는 하숙집 장면을 도입부에 배치한 소설로 형식을 바꾼 것은 나만의 방식으로 이젠 어머니를 슬픈 기억에서 놓아드려야겠다는 생각에서였다.

온갖 비극이 겹쳐 쓰러져가는 집안을 일으키기 위해 그 뜨거운 사막의 나라까지 가서 압정으로 다리를 찔러가며 돈을 벌었던 아버지에 대한 고마움만큼이나 아버지의 피땀 어린 노력의 결과를 필사적으로 지키면서 외로이 나와 동생을 키워내신 어머니에 대한 고마움도 두 분의 이야기를 나란히 놓는 소설 형식을 택하게 된 이유이기도 하다.

소설로 형식을 바꾸긴 했지만 이 책에서 언급한 내용들은 모두 기록과 기억에서 건져낸 실화들이다.

평생을 팩트를 중심으로 한 글만 써 왔던 기자 출신으로서 창작은 너무나 어려운 영역이었기에 엄두를 낼 수조차 없었다.

어색하거나 이상한 장면이 있다면 그건 전적으로 아직도 글 쓰는 능력이 모자란 나의 잘못이다.

아버지가 사우디에 간 2년 동안 우리 가족의 사진은 항상 아버지 자리가 비어 있었다. 아래 사진은 어머니가 카세트 테이프와 함께 아버지께 보내 드린 가족 사진.

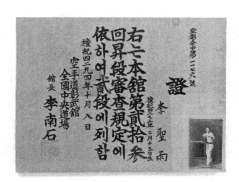

아버지는 뇌 수술로 인해 접어야 했던 무술에 대해 끝없이 열정을 품고 사셨다. 태권도원에 수장돼 있는 단증, 사우디에서 태권도를 가르치던 장면, 처음 유단자가 되고 난 뒤찍은 기념사진 (위에서부터 차례로)

영도에서 제다까지

초 판 1 쇄 2022년 3월 8일
지 은 이 이상윤
펴 낸 이 김영근
펴 낸 곳 석영
디 자 인 다운디자인

출판등록 2017년 10월 31일 제 2017-000012호
주   소 부산 중구 대청로 138번길 15
이 메 일 daunad1996@naver.com
전화번호 051-469-9566
팩   스 051-469-9567

ISBN 979-11-978073-0-5 03810
값 13,000원